蝴蝶梦雨

六月江——著

华龄出版社
HUALING PRESS

图书在版编目（CIP）数据

蝴蝶梦雨 / 六月江著 . -- 北京：华龄出版社，

ISBN 978-7-5169-2267-5

Ⅰ . ①蝴… Ⅱ . ①六… Ⅲ . ①中篇小说－中国－当代
Ⅳ . ① I247.5

中国版本图书馆 CIP 数据核字（2022）第 089189 号

策划编辑	杨　杨	责任印制	李未圻
责任编辑	程　扬	装帧设计	曲　艺

书　名	蝴蝶梦雨	作　者	六月江
出　版 发　行	华龄出版社 HUALING PRESS		
社　址	北京市东城区安定门外大街甲 57 号	邮　编	100011
发　行	（010）58122255	传　真	（010）84049572
承　印	三河市龙大印装有限公司		
版　次	2022 年 9 月第 1 版	印　次	2022 年 9 月第 1 次印刷
规　格	787mm × 1092mm	开　本	1/32
印　张	6.75	字　数	64 千字
书　号	ISBN 978-7-5169-2267-5		
定　价	48.00 元		

目　录

一

闹钟响过，王有元翻了个身。已是初秋，细雨淅淅沥沥下了两天，现在似乎总算停了。从窗帘边缘透出的光亮，以及从窗外传来的粗粗浅浅的声音，也都可以肯定，天已晴了。王有元慢慢起身，先去卫生间，然后打开卧室的窗帘和窗户。窗外的世界一片湿漉漉的，但阳光明媚，喜鹊叽叽喳喳，空气清爽，晨起特有的嘈杂声也立即充耳而来。虽然已经六十岁了，但他耳目一如从前，听力过人。远处的车流，石径上匆匆来往的脚步，都清晰持续。尤其是对面公园的树林里，每天清晨都有一支小号，总在那边上出来进去的。还有那余音袅袅的青衣，每天都咿咿呀呀的，没完没了，反复就这么一个腔调，偶尔也唱那么几句《咏梅》或《贵妃醉酒》什么的，但他似乎从来没有分辨出那声音是从树林里飘过来的，还是从这座楼里溜出来的。

这个房间，三年来，没有什么变化，只是床头上多了一幅沈香洁的遗照，那还是她在台湾的家园骑脚踏车时，他亲自拍的。其实整个的房间，上下两层，也没有多大变化，只是多了几幅她不同时期的照片而已。

闹钟第三次响起，他才转身将其关停。但就在他想打开电视，看看早间新闻时，突然一声巨响，仿佛是什么爆炸一样。他下意识地觉得像是屋门被什么瞬间推倒拍地的声音。他迅速抓起挂在卧室门上的一把镇宅宝剑。但房门完好无损。他又听到窗外有人喊叫。

他住的算是高档社区的一栋板楼，二单元的一层二层都是他的。因为一层可以赠送一个花园，这样既可以停车，又可以养花种草。他喜欢养花，为此他在花园里接出了半间玻璃花房。物业一直让拆，但只是经常说说而已。

他突然发现在花房的外侧有一块玻璃碎了，像是被什么重物刚刚砸过。这下他肯定刚才的那声巨响就发生在这儿。王有元顿时有些气愤，他相信一定是楼上，抛下什么重物，才把加胶钢化玻璃砸成这样。那该有多重啊，是谁这么不负责任？他心里质问着，同时发现路过的行人都边走边朝他的花园上下张望。可见问题已不是一般的问题了。

他抓起手机，打通物业管家。管家还没有到岗，答应一会儿一定同他认真察看，有什么损失一并算。王有元认为管家是在随口敷衍他，他立即加重口气，强调高空抛物是违法的行为，不严加查处，以后哪儿还有安全可言。管家立即承诺，马上报警。

王有元觉得这还差不多，他再度站到窗前，那块玻璃已完全碎化，下面什么情况依旧看不清楚。按说他只要走下楼梯看看，一切就都一清二楚了，但他懒得自己去看，他要等物业的人来了一起去看。

他又去卫生间，准备洗漱。电话突然响了。是物业的那个管家，他声音有点颤抖，他告诉王有元最好先不要移动现场任何东西，如果您没有看过现场，就最好不要去了，公安局早已接到报警，物业也已封闭楼下的道路，再问什么，管家只说有纠纷，其他都无可奉告。

纠纷？什么纠纷？家庭纠纷，债务纠纷，法律纠纷，都有可能，可这一大清早的，多半是家庭纠纷。再从管家言语透露的信息，他立即判断一定是什么人刚刚从楼上坠落。果然，鸣着警笛的警车到了，同时还有急救车。王有元心里顿时像被什么打压了一样，觉得恶心难当，他急忙冲进了洗手间。他平生最受不了的就是死亡，从小至今，他倒也不是多么惧怕死亡，他只是总觉得这事特别蹊跷荒诞。而且人生如此美妙，但谁也逃不过死亡这一关。

因为年过六十，按规定他马上就要从行长的位置上退下来了。过去，他是快节奏，闹铃一响，不管多困多疲惫，一定立即翻身下地。闹铃再响，他一定洗漱完毕，第三次铃响，他一定已提包出门。他在银行工作已近四十年，工作就是他的命根子。这些年来，不管遭遇什么艰难挫折，他也百折不挠，自强不息，而且他在大大小小的正副行长的位置上，也干了有二十多年了。但他看上去一点也不像六十岁的样子。腰挺背直，发型时尚，合体的西装也永远笔挺，一尘不染。

想当年，在他二十岁的时候，写了一篇《二十赋》，在校刊上发表，引起轰动，甚至很多女同学都对他青睐有加。三十岁的时候，他已是国有大银行办事处的团委书记，他写了篇《三十颂》，也得到了市分行领导的赞赏。当然，四十岁的时候，他已成为最优秀的支行行长，那年的赋写得最美。五十岁的时候，他担任分行行长已有几年，他也依然如法炮制，把知命之年能够做到的都颂赞了一番，也一样有相同的效果和反响。现在终于六十了，这可是他暇满人生的最为重要的时刻，自然不能放弃抒发一下六十耳顺的伟大情怀和自己的光荣岁月。但这回无论怎样搜索枯肠，就是想不出能够成为赋的美妙词句。写颂吧，他也实在不好意思为自己所做过的那些，再添任何歌功颂德的色彩。经历了这么些年的风风雨雨，他除了表面上的一尘不染，又干了多少问心无愧的事情呢？他十分清楚，即使是在自己那还算干净的心灵深处，依旧埋藏着无数邪恶的念头和动机。即使他真的没有为自己去图谋过任何非分的利益，但现在在他的心里也没有什么特别明亮的地方。最后，他到底还是写了，但不是六十赋，也不是六十颂，而是一首《六十了》的七言绝句：

六十忽如西风过，

壮心未老若初怀。

花间美酒多少梦，

锦瑟年华乱徘徊。

点头哈腰人前际，

捕风捉影似鬼才。

人生如戏亦如幻，

总是昨非今又来。

他相信近来的自己头脑的确是矛盾纷飞，既希望赶紧退下来，但又充满了老当益壮的不老情怀。而且，过去写什么都是逗号，因为那时即使是过去的时光，也充满着未来。但如今不同了，在这里必须使用的一定是个句号。而且，以他现在看待事物的能力和对是非曲直的判断，他看到自己过去经历的一切，看似能善能恶的所作所为，其实也都像是矫揉造作的骗局，这首绝句就是揭示自己过去种种的不伦不类，至于具体是什么，他心里门清。当然未来如何，他也一直思考，未来还能做些什么，自己又将在什么地方一定有所改变，但思考很久，一时还真说不清楚。

当然，在更多已然活到这个年龄的人看来，六十依旧是壮年的开始，未来的日子依旧漫长。但他不这么看，他现在是按天算自己的将来，因为如果按一天算，才能立即知道人生最重要的时刻都已经过去，现在他将开始的，是黄昏后的生活，而这样的生活对他意味着什么，他很清楚，别人也会非常清楚。当然可能大家并不想清楚，也包括他自己。因为不管怎么说，我们过去所受到的教育，一切就都是为荣誉而战，一切都以功成名就为自己的终生目标，甚至还要老当益壮，再创灿烂辉煌。当然他过去一直公开标榜的是，他要把政通人和的理念，自觉贯穿于自己的职业生涯与事业的追求及奋斗之中，而且还要永远忠诚于组织和事业，并尽一切可能发挥出团队的力量和智慧。但现在这些环境和氛围都将发生变化，甚至于一切都将不复存在。而面对这些，他即使想明白了，依旧还是要面临前所未有的挑战，特别是他似乎还一时弄不清自己的未来该在何处。

他偶尔也会在和不同人的交往或聚会上，像是埋汰自己似的唠叨唠叨这些词句。大伙都哈哈大笑。当然，有人笑后也会涌出一股心酸的滋味。不过，非常了解他近几年情况的那些朋友，总体的感觉就是他终于解脱了，跳出了没有功劳也有苦劳的那种简单的思维逻辑，并敢于自嘲以及敢于否定过去种种所谓的功绩。的确，有些所谓的成就，在你不需要的时候，其实就是多余的闲家具，就是身上的累赘。不过你所认为的累赘可能就是：当你背着一百斤重的东西走了很久，别人非要托你再加上一个二十多斤的包袱，为此你将不堪重负，继而感觉这个包袱简直就是你的累赘，是它导致你精疲力竭，寸步难行，其实应该明白那原本的重物，其实早已就是你的累赘。人生往往会从一开始，就让你背负着过多的包袱。

王有元决定今天哪也不去了，他相信一会儿就会有人找他问这问那。但整个上午过去了，也没人理他。他再给管家打电话，管家也不接，只回了个短信，现在情况不明，不好接听电话，您的花房花园，物业会派人收拾好，您的损失，以后也一定为您申张。

他放下手机，决定自己下楼看看，到底发生了什么事情，自己居然还不知道。花房一切看似都好，但一看花房外的情形，王有元顿时闭上了眼睛。

二

王有元六十了，若不是在行长的位置上，早不年轻了。他出生在北京，虽非地道的老北京，但也算是标准的北京人了。这年头，北京人还能在什么地方，混得个人模狗样的，着实不易。而且若再细算，他怎么也算得上是个老北京，只不过说的不是地道的北京话而已。他祖籍河北，爷爷上上世纪前，就开始在琉璃厂一带经营书局，颇有一号。可买卖传到他父亲手里，生意却变得越来越惨淡，加之解放前夕通货膨胀，不仅入不敷出，还经常因为赊账不还，经营难继。即使有些人也来还之前的欠款，但物价飞涨，早已不是昨天的那个钱了。好在当时家里的房产还尚存多处，特别是奶奶为人严厉刻薄，眼里揉不下沙子，所以日子也算过得殷实。但坐吃山空的日子长了，谁也会扛不住的。最后房子不是卖了，就是被充了公。

王有元兄弟姐妹八个，他排行老幺。他出生的时候，家中风光的景象早已一去不返了。父亲偶尔会卖一两样家具，表面上是贴补家用，实则是为了自个儿能够每天喝上半斤八两。每到王有元生日的时候，他真的特别想吃蛋糕。当然他自己是根本不会记着自己生日的，是姥姥每每帮他记着。但最后能吃上姥姥为他煮的一个鸡蛋和一碗打卤面，就算风风光光过了回生日。

他上中学以前，就没穿过新的衣服。他能穿的都是哥哥姐姐穿小了的那些。当然，谁给他衣物，即使旧的破的他也喜欢。尤其是那件所有哥哥姐姐都穿过的将校呢的坎肩，他一直都惦记着呢。那坎肩的呢料，本来就是又厚又挺，经过多次洗刷，缩得更厚更硬。母亲为他缝上了两只军绿袖子，他穿上后幸福了好多天，同学们也都羡慕他的坎肩，认定那真的是一件高档军服。

他们家的院子不大也不太小，十几间房子，据说还是他老祖建的。院子里有两棵树，两树中间是一个木质瓜蒌架。瓜蒌是种药材，煮水能够清肺止咳，瓜蒌椭圆形，有拳头大小，秋天碧绿，用报纸包好，挂在屋檐下，来年春天，摘下报纸，全都金灿灿的，卖给药铺，父亲就有了很多酒钱。当然，院子里最显眼最特别的，是一进门就映入眼帘的山石盆景。一米高的由砖头砌筑的平台上，是汉白玉凿制的长条水池，池中摆放的是一大块山峰形的礁石。礁石是活的，不浸泡在水里的部分也能吸上水。所以那深沟浅窝的礁石上下，布满了青苔及细花细草。水池里的水也绿绿的，轻轻摇晃的水草下，小小的龙睛鱼若隐若现。很多时候，这里就是王有元和小伙伴们最着迷的地方。

进了院子，先见到的是一棵枣树。再往里走又有一棵核桃树。据说这两棵树是他父母新婚时种下的。大概是取早合早好吉祥之意。那时，生活节奏较慢，自然而然的生活是人生的主题。所以这两棵树，也足以增添人们很多生活的乐趣，以及自然给予的天然体验。

每到春天，枣树嫩绿的枝叶间就会开出茂密又细小的金黄花蕊。清晨，弥漫着枣花香的院子里，青砖地上撒落着金黄的枣花。蜜蜂在树上的枣花间轻飞轻落。尤其是那时的天空的确很深很蓝，不时还有带着哨音的群鸽飞过。

不过，核桃树这边却是另外一种景观。枝叶间会长出像辣椒大小又如虫子一般的软穗，邋里邋遢的，落满一地，一片狼藉。初夏之时，核桃树上还会长出一种绿绿的毛毛虫，它们一会儿像落小雨点一般的排尿，一会儿又会排下黑花椒一般的屎粒，如果不打药，硕大的叶子，绿色很快就会被吃掉，只剩下干枯苍黄的纱状叶蔓。

当然，秋天的时候，这两棵树简直就是王

有元的天堂。又红又脆的大枣，壳薄仁鲜的核桃，全是他的美味。尤其是那枣，简直太甜了，甜到最后就会裂开。小鸟们就会扇动着翅膀，对着枝头上裂开的枣一阵儿猛啄，蜜一般的半个枣就立即不见了，剩下半个小小的空洞。

冬天的时候，干枯的树枝，在北风中摇摇晃晃，吱吱嘎嘎乱响。核桃树高高的枝顶上，总会残存着几个皮开肉绽的核桃皮，里面的核桃也清晰可见，但就是怎么摇晃也不肯掉落。接上两根竹竿，也够不到它们。只有用又重又有弹性的东西去砍它们，它们才可能掉下，后来他发现白菜疙瘩最好。所以只要见到大人切下来的白菜疙瘩，就会偷偷藏起来。第二天早起，趁大人们都不注意，就用白菜疙瘩，猛地投向树梢。反复几次，只要能打中顶上枝杈，上面的核桃就会掉落。有时弄好了，一下子就能掉下两三个。他抓起核桃，顾不上吃，就往学校飞奔。但等到了学校又往往会被同学们发现并抢去。被哪个同学抢走，他也不会急，因为他那时的心理，就是谁吃都一样，关键是能投中它们。

王有元孩童时酷爱在雨中疯玩疯跑，他尤其爱偷偷穿上母亲的黑雨鞋，在雨中踩水花玩或踢起一溜水柱，又蹦又跳，特有节奏。但那时胡同里多还是土路，一下雨就泥泞不堪，他多半是玩得正尽兴时，被父亲一顿号骂，然后被连踢带踹地赶回家。他边往家跑，还边找水洼多的地方，又溅出一路水花。回家后，立马换上塑料鞋，拧大水龙头，把雨鞋的里里外外冲洗干净。

那时卖瓜蒌去，父亲会去借一辆板车，用四到五个麻袋装上瓜蒌，然后再用麻绳把麻袋拴好，他让有元慢慢骑，他自己走着，因为血压高，坐车上就晕。收购瓜蒌价格最高的地方，是在花市的药材铺。一次能卖百余元钱。卖完，父亲起初会给他两毛钱，到后来能给两块，给多少，王有元都高兴，反正闲着也是闲着，之后，他独自骑着三轮回家，把三轮还给人家。给两毛钱的时候，他只能自己去买片小肚儿，然后，手捧着油纸，迎风吃掉。给两块钱后，他就可以买整个的小肚儿和整根的蒜肠，带回家，和姐姐们吃去一半，剩下一半留给母亲。父亲把瓜蒌卖去，也算是大功告成，但他不急于回家，而是直接去酒馆，他早已约上几个酒友，直喝到月上枝头，再断断续续反反复复唱着“提篮小卖一壶酒”，一步一趋地走回到院子里，还要再哼哼几句，谁也不知道他唱的是什么意思，但因为就这么一句，倒也都听得清清楚楚。

母亲病重那年，他突然发现核桃树已经从根部腐烂了。其实母亲岁数不大，刚过七十。而那时女人的平均寿命已近八十。后来母亲是在隆冬季节走的，那树不久也随大风从根部直接倒了，老人都说这树通人性。所以人死了，她种的树也死了，死亡已经很让他百思不解了，现在又加上树随人亡，这就更是叫他一派茫然。

当然从根本上讲，他知道母亲其实就是被大家给累死的。特别是他的出生，更是熬干了母亲的气血。他听姥姥说过，母亲从小就特别漂亮，单凤眼，皮肤又光又白。接连生了那么多孩子，都没什么变化，就是生他之后，一下子明显老了许多。姥姥说是母亲把所有的精华都给了他。但在他心目中，母亲依旧是单凤眼，皮肤依旧又光又白，而且他觉得姥姥也是最漂亮的。母亲生他的时候，已有四十多了。生完他之后，依旧白天上班，还要起早贪黑料理家里的一切，以及大大小小的琐事。因为这些事要么是别人不干，要么就是谁都干不了。自然母亲的早逝，也和父亲关系甚重，只是这事没人敢说。父亲的确有病，高血压总在200以上，而且，全身的器官似乎也都不健康，整天吭吭哧哧的哪都不舒服，他每天要吃好多药，真的是什么都不能干，但他每天中午和晚上，白酒是不能少的，一喝就是半斤八两。所以小学毕业之前，他一直由姥姥带着。他那时从来不找父母，姥姥到哪儿他都跟着，他离不开姥姥。他每天都要观察判断推测，姥姥是否要安排出行。有时在外面玩耍半截儿，也会突然跑回家，只为确定姥姥是否在家。若在，他就踏实了。不在，那他可要哭闹一番了。要是真赶上姥姥去哪个亲戚家待上两天，那他可是度日如年，整天不吃不喝，就找姥姥。

姥姥是真有病，总是咳喘不停，又是小脚。姥姥还总是教育他要节俭，特别是不能浪费水，姥姥告诉他水就是下辈子的钱。他还特别爱听姥姥讲母亲小时候上学从不乱花钱，以及什么都要自己学做的那些事情。姥姥还爱给他讲老家一个名叫占发的舅舅，心灵手巧，什么都能干的那些事儿。当然，他让姥姥反复说得最多的还是老家那条大黄狗多年看守空院子的故事。

后来家里生活实在困难，几乎顿顿都是窝头咸菜，所以隔三岔五的，姥姥就会拉着他，有时从南走到北，有时又从西走到东，到亲戚或友人家里吃些新鲜的饭菜。别人家的饭确实太香了，而且同样是肉丝炒蒜苗，或是红烧猪肉，但每家都有各不相同的味道。可亲戚家的确都太远了，若是等吃完晚饭再走回家，那他一路上几乎是要边走边睡了。一路磕磕绊绊，全靠姥姥拉着。唯一让他能够不困的办法，就是反复问姥姥什么时候能够带自己再去刚刚离开的那家。后来他发现，姥姥能够反复带他去的多是姥爷从前的伙计家。但最终姥姥哪也无法带他去了。

知道老人家去世的消息，他木然了。他靠着八仙桌的一只腿，愣愣地坐在地上很久很久。这回他没有哭，他似乎从此以后也就不知道哭这种事情了。但他似乎知道了死意味着什么，那就是永远见不到姥姥了，而且再也听不到姥姥给他讲老家那条大黄狗如何守家的故事了。但他无论如何也想不明白死亡到底是怎么一回事，更不知人类的生命总是既有开始，亦有结束。不过，死亡这事还是从此深深地压在他的心里。后来，他靠着八仙桌睡着了。睡梦中他见到姥姥了。姥姥整个人都在水里面，到处都是乱草，姥姥被水草纠缠着，怎么也挣脱不出。他急醒了，一身大汗。第二天，他举着一根大竹竿，跑到陶然亭湖边，顺着湖岸拼命捞，但竹竿上能够捞出的只是滴着水珠的水草和长发而已。

三

姥姥去世以后，他才开始跟父母完全生活在一起。奶奶活着时候，一直住在北屋。他很少去，只是需要给奶奶磕头时，才被姐姐们拉着去。他害怕那房子里的一切，尤其是后面夹道里摆放的那个布满灰尘的棺材。他有时闲来无聊，也似乎是为了练练胆，才会走进夹道，摸一下棺材，留下个一个小手印什么的，然后转身就跑。后来，奶奶还真是被装进这口棺材抬走的。从奶奶留下的相片看，奶奶也不难看，但就是人人怕她。奶奶走后，父母搬进北屋，但他跟着姥姥也很少去。他似乎永远害怕那个北屋。但现在他要和父母在那里一起吃一起住，他觉得特别别扭。他每天都提心吊胆，他不想待在家里，但没有父亲的同意，他也出不去，偶尔偷着跑出去，回来就是一顿臭骂，甚至是一顿暴揍。父亲不喝酒时也还挺好，但一喝酒就性情大变。但他每天放学回家，见到的父亲都是喝过酒的。而且父亲酒后喉咙里就会不时发出一阵一阵的怪声。父亲见到他一定笑着说起他之前犯的任何一个错误，然后开始大声训斥。如果母亲也在，父亲很快又会想起母亲的什么问题。这下事情就严重了，看着父亲述说母亲的种种不是。母亲从来一声不吭，甚至也从不唉声叹气，只是不住地抽烟。王有元多次恨不得冲上去把父亲暴打一顿，但他不敢，只是想想而已。

他喜欢家里来客人。好处特多。首先是客人可能会给他带来好吃的东西，特别是老家来人带的东西多，都是土特产，城里没有。其次是他跑外面疯玩多久，也没人在乎。再次是可以吃上他最爱吃的香肠或小肚儿。但是买东西的钱从哪儿来是个极大的问题。父亲肯定没有钱，有钱他一定早买成酒了。当然父亲的办法就是四处去借。父亲带着他先从旁边的街坊开始借，什么徐大爷一毛，李大妈五角，能借多少借多少。父亲负责说借钱的事，他负责记借钱的账单。有时要走几条胡同，才能凑上五元钱。能借上五元，就算大功告成。然后，就去大街上的零售店买白酒买黄酱买下酒菜，最后再去对面的切面铺买几斤切面。父亲别的饭基本不会做，但炸酱面做得地道极了。大家都爱吃。

热热闹闹地接待完客人，父亲就会呼呼大

睡，这天他是不会再醒的。母亲晚上回到家，一进门就知道之前经历了什么。那时，母亲难免是要独自叹气的。因为这五元钱的开销，不知又要打断她的多少计划和安排。弄不好还得赶紧向互助会借钱，不然过两天人家就会上门要账。因为那时谁家也没有闲钱。所以，那个晚上，母亲也不会吃饭，她吃不下去，只是抽烟。那时，王有元没别的，只有给母亲打盆洗脚水，帮助她洗洗脚。直至母亲趿拉上那双黑绒的绣花鞋，鞋面是两朵粉色的莲花。第二天，父亲什么也不说，只管递上借钱的清单。对于父亲来说，请客人吃喝一顿，那也是天经地义，虽然没有钱，但只要能借到钱就一定要请人家喝酒吃肉，否则会被人家戳脊梁骨，尤其是老家，会被全村人笑掉大牙。当然，母亲家的亲戚来了，父亲也是一样招待。

除了自己已经去世的姥姥，王有元所知道的姥姥，至少还有四到五个。大舅小舅大姨小姨多得他都分不清。他的姥爷曾是当年北平有名的永增商号的大掌柜子，承揽着众多政府及军警各界的物资供给及特需服务，当然他自己也开了不少店铺，买卖兴隆。但他公私分明，家里任何人不得去商号拿取任何公物，即便是一张纸。姥爷也算是妻妾成群，王有元的亲姥姥，是大太太，从留存的老照片看，姥姥年轻的时候，不仅端庄秀美，眉目之间还透露着一股慈善喜悦的祥瑞之气，但她只生了母亲一个女儿。母亲是家中长女，与异母的弟弟妹妹虽然也经常来往，但终归没有他们之间亲近。母亲自幼读书，上中学因为闹日本，也就是卢沟桥事变，姥爷带全家躲到天津租界，因此中断了学业。她知书达礼，能写能画，解放以后还当上了服装厂里的业余教师。

因为姥爷当年也常常帮助八路军和解放区做些事，所以北平和平解放以后，属于官僚资本的财产全部没收，他个人的买卖依旧归他经营，他的伙计们中有不少进步青年，也都是技术人才和管理高手，很多人当上国有工厂或商店的领导。

爷爷家没这么热闹，奶奶厉害，管得严，爷爷自然安分守己，而且他去世早，只留下父亲和父亲的哥哥两个儿子。父亲的哥哥，也就是王有元的大爷，是个人物。据说他人高马大，英俊威武。上中学时就是校篮球队队长，朝阳法律大学毕业以后，直接进入警局。因为他做事胆大心细，为人处世规矩得体，深受当时的上司赏识。加上那时兵荒马乱，人走得快，几年的光景，他就当上了分局长。但后来发生了一桩大案，几个绑匪，里应外合，绑架了当时城南首富的双胞胎儿子。待手下终于查清绑匪把两个孩子隐藏在西山一带，他亲带警队前去围捕。因为立功心切，他身先士卒，既小觑了绑匪意志，又忽略了江湖术士给他的忠告。当时的一个大仙算定他前程似锦，平步青云，但警告他一定不要离开城市，要牢记富不入乡，贵不进山。但他在如此关键时刻，不是忘记了个人安危，就是觉得西山还算是城里。结果，被穷凶极恶的绑匪一枪撂倒在漆黑的山洞外面。那年，他的儿子刚满五岁，大婶是天津卫的大家闺秀。最后，娘家把母子二人接回了天津。

大爷去世时，王有元的父亲正在上中学，也爱打篮球。父亲后来中学毕业后，没有上大学，但他还是先在政府谋了份工作，一个小小的文书，而且干了没两年，但他从此精通各种公文的写作和各种文稿的章法。后来因为奶奶大病一场，才叫他接管书局的经营。因为战乱，书局经营得一塌糊涂，加上大事小事，依旧还要请示母亲大人，父亲从此每天只是喝酒。当然，他也爱读书，而读书更会误事，书局的生意从此更是江河日下。父亲晚年，床头边的写字台上，永远放着或满或空的酒瓶，以及《三国演义》《古文观止》《聊斋》等书籍，还有一套线装的《康熙字典》。

父亲对王有元自小写的作文就不屑一顾，

而且越大越看不上。后来不知从哪里翻出一套《阅读与欣赏》丛书，让他天天阅读，王有元也喜欢看里面的那些美文，但他根本不指望父亲的欣赏。

因为总跟着父亲去借钱，似乎因此有了记账的缘分，但他长大后对跟别人借钱的事，一直厌恶至极。无论如何，他这一生真的没有向任何人借过一分钱，而且从当支行行长、分行行长以及后来的总行行长，签批过的贷款数千亿元以上，审批的各种费用每年也数以亿计，但他从未贪过一分钱，也没觉得自己手中的权力能成为自己个人财富的利基。当然，他也从不无病呻吟，即使病得厉害或伤得很重，他更不爱吃药，即使是医生坚持让他吃的药。回首这一切，他既感恩父亲，也感恩上苍，因为父亲的某些镜像非但没有遗传，反而塑造出的他，更是与父亲完全不一样的一个人，因为对于连借钱都觉得是不好意思的事情，就更甭提去想贪妄其他的事情了。他写《二十赋》时候，还和父母住在一起。父亲偷看了，最后跟他说这回写得还有那么点意思。然后又给他背诵了一段《归去来兮》。

四

失去姥姥后的童年是王有元最痛苦的时刻。死亡再也不像电影里打鬼子表现得那样好玩，也不会再像谁说谁死了一样跟他无关。一个活生生的人就这么凭空消失了，无论怎样呼唤，怎样找寻都不会再有任何蛛丝马迹！他像抱着一块巨石，每天清晨在路上踟蹰着，希望能有谁告诉他死到底是怎么回事，傍晚又带着凝重的疑问推开那锈迹斑斑的黑色院门，因为依旧没有人能给他任何答案。

其实，这一切归根到底，是他当时非常缺欠大人们的关心，以及对一些突发其来的事情，大人们也没有给予他足够的生活提示和必要的心理疏导。因为每个人都可能会被贫穷的

痛苦，亲人的亡故，以及对未知的恐惧，而充满担扰和不安

终于有一天家里来了个人，给了他完全不一样的信息。那人就是他大爷家那位一直生活在天津的独子，一个样子很老的大哥，但眉宇之间透着一种神勇英俊，他在天津铁路公安局当警察。王有元是头一次见到大哥。说是大哥，看上去比父亲小不了几岁。他的母亲，也就是离世多年那个大爷的遗孀，新近终于去世了。王有元知道自己的父母前几天确实也曾去过天津，母亲还给他带回了一小盒天津麻花。而且，那位大娘，他也见过。奶奶去世的时候，她拄着拐杖，从外面哭啸而来，哭声大得出奇。

父亲要去买酒，大哥不让，他不喝酒，而

且他打开大提包，里面带了两瓶津酒，还有好多盒淡篮色的海河烟，也给他的这个小弟弟带了一包果仁张。母亲炒菜做饭，父亲一个人喝着津酒，大哥的海河一支接一支，根本不用火柴。王有元坐在桌边，边吃边听他们聊天，他尤其注意听大哥在火车上抓通缉犯，在火车站抓群偷群抢的那些故事。那时，他才知道自己有一个警察哥哥，全身充满了亲近的意味。

大哥也看出这孩子的性子内向和缺失的东西太多。因为他自小生活在孤儿寡母的环境下，面临过的难处比这孩子肯定还要多得多，但母亲善于疏导，用她全心的爱支撑着一切，但叔婶家的孩子太多，父亲爱喝，母亲忙碌于养家糊口，他又最小。大哥当即决定要帮助这个小弟弟。

他问王有元喜欢谁。他说喜欢姥姥，而且这一问更是引他想念姥姥，几乎要流出泪水。大哥又问他为什么喜欢姥姥，他想了想说姥姥特别疼爱自己。大哥说这就对了，人生最重要的就是爱与被爱，你要像姥姥爱你一样去爱别人，姥姥就会无处不在，说话间大哥拍了拍他后脑勺，又用手一指屋顶说，其实姥姥不就在这上边嘛，正跟你姥爷一起吃饭呢，而且还有你的爷爷奶奶，大爷大娘。说来也怪，王有元经他这样一说，分明感觉屋顶上方，确实有一桌人也在吃吃喝喝。姥姥似乎就在中间。从此，他真的觉得只要一想起姥姥，浑身就充满了一股暖意，他知道姥姥永远在自己心中，永远和自己在一起，只是不必再用手来拉自己和亲口说些什么。

因为还要去谢别的亲戚，大哥要在家里住两天。正是周末，第二天不用上课。王有元非要跟大哥住一屋。他们住在南屋，床铺已收拾干净，桌上扔着一把口琴，那是最小的姐姐的。王有元不会吹，也不爱吹。但大哥一吹，他从此也喜欢吹口琴了。因为大哥吹得太好听了。那时，他才知道大哥原来的梦想，是要当一个音乐家，他最喜爱干的事就是写歌作曲弹钢琴。王有元那时还不懂什么叫梦想，大哥告诉他，凡事都要向内心问，向内心求，要听自己的心声，自己的心声才是最美妙的，他自己最希望的就是捕捉心里的声音。大哥的名字叫王有道，但那晚他知道大哥还有一个作曲家的名字，叫回音。当然，那时他就注意到了，大哥那么抽烟，身上竟然没有烟味。

那时大哥还告诉他，音乐是心想事成的艺术，必须先要有心想事成的构想，还要有心想事成的能力和方法。王有元似乎听懂了，但他那时其实最想知道的就是到底什么是心想事成，当然，他也没好意思再问，直到有一天他终于明白并知道如何才能够心想事成了。

因为过去大哥主要服侍老母，很少到北京，母亲去世后，方便多了，偶尔也会带上他的孩子。一男二女，有大有小，穿着都十分洋气，尤其那个姐姐，瘦高瘦高，特别漂亮。他总要找机会跟她们坐在一起，而且越挤越好，但他非常不习惯他们都要管他叫小叔。

大哥偶尔也会带他比画那么几下，这对骨瘦的王有元意义不小，从此他知道摔跤要如何借力，而且他还懂得了手像两扇门全靠脚打人的道理，甚至于还学会了飞身踢腿的技巧，因此再没有同学敢随便欺负他了。

王有元的天地似乎开始大了，他从此不再专注于一两件事，他的想法越来越多，爱好也越来越广。爱好多了，很多需要花钱，跟母亲要，母亲都给。因为那时家里开始富裕了，落实房屋政策，过去几处归公的房子全退还了，父亲每月又有几十元的房租收入了。而且那时他的哥哥姐姐基本上都有工作了，母亲手里的钱也宽裕了，不仅常常给他买好吃的，逢年过节，还会给他买新衣服，他最喜欢白球鞋，但穿上白球鞋用不了半天，无论他怎么想尽办法，躲避大家，但还是很快被同学们你一脚我一脚地踩得黑乎乎的。

王有元自小爱蹬三轮车，但家里没有，只

能偷骑别人的，为此经常挨揍，但他骑的技术特别好，又快又溜儿，还能歪着膀子让两个轮子着地跑，过去街坊四邻，大爷大妈，经常晚上犯病，需要马上送医院，胡同里的板爷不少，但这时候也常常喝得东倒西歪的，于是谁家老人有了急茬儿，都喊他去骑三轮，他骑得飞快，但不管怎么快，他送过的大爷大妈，很少能被救活过来，他后来明白了，谁也不能跟死神赛跑，死神只要来了，死神永远都是冠军。

上中学时，王有元天天画画，大家也都相信他将来肯定是个画家，他不喜欢数学，更不好好做数学作业，数学成绩一直很差，后来要高考了，他的总成绩依旧在班里名列前茅，因为别的成绩能帮他拉分，特别是历史和地理，平时考试，成绩都在90分以上，但高考的时候，历史和地理却都只考了七八十分，而数学只考了9分，最终也因总成绩差九分而名落孙山。报中专的分数是绰绰有余，可选的学校也很多。他自己是首选公安学校，而且公安学校的老师也找到家里，希望他报名。他当然愿意，但父亲坚决不允许。最后，父亲让他必须填报银行学校的城市金融专业，这样将来可以永保在城里。他对银行真的不感兴趣，而且他对银行的印象只是二哥洗衣服时，把兜里的三毛钱洗白了，让他拿着去银行换，结果银行给了他三张新的，回来给二哥，不想二哥就将那三毛钱送给了他，一下子让他兴奋了好多天。

当然，在银行学校，他几乎没学到什么新的文化知识，那里主要都是技术的培训和职业规则的强化，当然也有很多记账的和放贷的故事和技巧，而且他那时就懂得了，银行培训的关键就是制度的制定与执行，好的银行从业人员必须是银行制度的守护者。至于以后在社会上所需要的知识，他似乎在中学已经完成了。

上中学那会儿，的确是斯文扫地，盛行不学无术的风气，但他碰到的老师都是好样的，都身怀金种子，传播的都是正能量和素质教育的根本，最后两年又赶上金秋十月，百废待兴，那时不仅仅有科学的春天，更有教育的春天，他所在的附中，一直都是最好的学校，老师都是天使一般的自觉奉献者，他们都把毕生所学的精华和传承的要领，通过加班加点以及更多的方式传授给学生。因此即使他数学考得不好，他也照样具备了成熟的思维和解决问题的能力。

当然，银行学校的授课老师，也都是顶呱呱的。专业老师，都是“老银行”，都有扎实的理论与见多识广的实战经验。负责综合素质教育的教师，也多曾在大学任过教。他的素质立即得到了老师们的赏识，也得到了同学们的认同，他当选了学生会主席。两年后毕业，他就和同学们被满天星般地撒落在当时的各个银行机构，很多同学很快就成为了科长、处长以及后来的银行行长。他那时被分配到人民银行的一个分理处，当了五年会计。这中间银行体制开始了最大的变革，就是从人民银行先后分出了四大专业银行，当然后来又陆陆续续开办了十大股份制银行和更多的城市银行。

王有元所在的银行，在当年有种业务叫关

门办公，主要是银行在白天正常业务结束后，专门为当时的副食粮油商店及各种百货商场提供的晚间现金和支票的收纳业务。当时负责这项工作的是一个比王有元大几岁的小伙子，叫李龙地，他当时因为考上了银行办的业大，要去脱产学习，但会计大组几十人，没人愿意接他的班。因为这个班相当于中班，每晚要九点以后下班，周末也不休息，谁都不愿干，而且手慢的也干不了。眼看开学在即，给李龙地急得如同热锅上的蚂蚁。一见王有元，他眼前一亮。会计主任也不反对，就是提出，你必须把他教会，直到他能够胜任这个岗位，你才可以离开。从那以后，李龙地充分显示了他能教会传的本事，王有元也充分显示了他可以充当任何角色的能力。

在白天，银行的对公业务都是企业的会计出纳人员前来办理。晚上来的全是售货员，而且人来的集中，营业大厅总是人山人海。从下午 5 点到晚上 8 点，临柜一坐，人流不断。那时会计这边就他一人，出纳那边五六摊儿，都要双人临柜。李龙地的父亲是军人，军事科学专家，整天满嘴跑的全是新名词，他告诉王有元，必须运用泰罗制、福特制的方法，用最小的固定的动作和流水作业的手段，处理柜台业务，必须学会双手双眼并用，左右手同时做不同的操作，你才能应付柜面的忙碌。而且还必须注意，售货员会经常在几个商店之间调来调去，他换了地方，但若修改单据，往往会填以前的单位。而且会计工作特别重要，虽然只是负责登记现金传票和受理支票业务，但马虎不得，稍有不慎，就会酿成大错，特别是现金少了的时候，你的账必须是铁账。而那时登记任何凭证，都是手工，核算工具就是算盘。李龙地带了他两天，就逃之夭夭。他一个人，从5点到9点忙个不停，满头大汗，顾客先是对李龙地不停地怀念，继而对他损骂不断，特别是几个女售货员，看上去特别漂亮，但一开口全是国骂乃至乱骂。他顾不上抬头，更顾不上解释。李龙地在时，9点关门以后，大概只需要十几分钟，就会账平款对，大伙立即收拾下班鸟兽散。但自从他接过这活儿，每天要从9点忙到11点左右，才能和出纳对上账。有两次甚至到了夜里一两点，因为他这边记的账表和单据数额必须一致，还必须要和出纳现款一致，差一分钱谁也不能走。因为常常连自己都对不上，他只能自己一遍又一遍地找，出纳人员也是叫骂不绝，而且全体上书，必须罢免他，否则大伙也宁愿不上。

王有元那时也是压力山大。他不喝酒，但那天银行学校的同学赵九和来看他，中午去吃延吉餐厅，本来他们从不喝酒，可那天他俩喝了一瓶当年最时兴的双沟大曲，又每人喝了两瓶五星啤酒。喝完酒，王有元去找领导，彻底不干了，也实在干不了，已经联系好了国旅总社，准备去那边当会计。但老主任不仅好言好语相劝，而且反复强调现在没人能接这活儿，以后可以考虑让别人接，但你今天必须干，人进入社会，必须要对单位负责，对组织负责。说到负责，他这心特重，最后，实在没折，不能不负责任，只好硬着头皮继续接柜。终归是喝了半斤白酒，他的思维不像往常那样集中，但那时他什么都不想了，爱谁谁，可万万没有想到，那天晚上九点之后，他居然一下子就账平表对，而且从此以后就再也没有错过账，过去乱七八糟的柜台，也开始弄得井井有条。

后来，他还系统学习并引经据典，总结出一套运用福特制和泰罗制元素的快节奏工作法，广泛推广到柜台服务，全员提升了工作效率。而且待他以后去了办事处机关创新办，第一件事就是完成了夜间金库无人化。所有企业，晚间需要存现金，只要将现金簿扫描登记，再用银行专用款包封好，投放到无人金库窗口中，第二天再由专人清点核对入账。这项创新受到客户和柜员们的一致好评。可以这么讲，他那时能总结出一套工作方法，就显示出他已具备了管理者的能力，而能创新推动一项全新的工作流程，完全可以说他具备了一个企业领导者的基本资质与潜能。

五

七十年代初的中学，文化课的确不重要，那时主要是批林批孔，反击右倾翻案风。当然再好的学校，领导和老师们也会想尽办法，以使学校能够尽量培养更多的人才。于是办了很多爱好班。那时，光他们那届学生就有二十个班，一千多名同学，挑选有特长的学生易如反掌。

王有元就在绘画班，班主任是朱老师。在他们毕生之后，朱老师又任了十多年的校长，退休后还长期担任市政府的督学，他是生物学专家，但琴棋书画无所不通，中文英文双语无碍，数理化更是门门皆精。美术老师对他的书画赞赏不已。当然，美术老师的语文课讲得也十分精彩，而且能以跑百米的速度，跑 400 米，甚至可以一人和 4×100 接力比赛同时进行，单杠蓝球也不在话下。的确，这个学校的老师，可以说个个都是身怀绝技的才子。所以，这里的田径班、篮球班、舞蹈班，航模班都相当有名。当然恢复高考后，高三年级全部分为文科班和理科班。

王有元预考总成绩不错，文科理科可以随便选，但他不喜欢理科，选择上了文科一班。文科一班班主任是位秃顶老头，非常有派，姓施。施老师教大家作文，要求必须要背上十篇以上好的文章。王有元那时背诵的杨朔和秦牧的散文，鲁迅的杂文，以后还一直能倒背如流。而且施老师还特别强调，要学好语文，古文古诗词是基础，光学课本上的那些不够，必须学那些更经典的。他自费帮学生们选印了一批古文及诗词，而且他几乎全能背诵，同学们听得都有滋有味，并在他的影响下，也背诵成风，连大家的外号，也基本上是从背诵的诗文中寻找的，有的完全是缘于背诵时闹的各种笑话。他自己的外号就是因为课堂上老师让接上下句，比如上个人说“木欣欣以向荣”，下一个人接“泉涓涓而始流”。这个难度比自己背诵更大。一天，老师安排接龙式背诵《岳阳楼记》，他的同桌说“把酒临风”。他本该接“其喜洋洋者矣”，结果他那天随口接的竟是“天诛地灭”，哪都不挨哪儿，全班轰然大笑，他一时也莫名其妙。从此他的外号就成了天诛地灭，有时又可以简称“天诛”，又可以简称“地灭”。还有班上最胖的女生刘美美，走路总是很急的样子，还总向前倾，因此读到《核工记》，“似闻足音扑扑前”时，大家都立即想到扑扑前就是她这样子。班里最高的男生，原是舞蹈班饰演洪常青的主角，老师让他站在黑板前背诵《陋室铭》，结果背到“往来无白丁”时，怎么也想不出来，他觍着大白脸，两脚还丁字状地站在那里翻着眼想，结果底下有人喊：“你其实就是大白丁”，全班哄堂大笑，于是“大白丁”就成了他的外号。喊他大白丁的就是与他形影不离的吴琼华的扮演者，也曾在学校排演的话剧《风华正茂》里担任女一号。当然，各种剧作演出前，王有元也总跟着美术老师一起忙碌，绘制舞台背景。他本来跟他们也都很熟，进了文科班，就更聊得来了。她是南京人，姓罗名艺。老师有次讲越女采莲的诗词，讲到“窄袖轻罗，暗露双金钗”时，老师忽然问咱们班上有没有如此美妙的人呢，于是大家都不约而同地看她。从此她就成了“窄袖轻罗”。“大白丁”就是她率先喊的。王有元爱听她讲话，她说起南京大桥以及其他什么都特有文学味。那时，王有元真的有点喜欢她。她也总来找他玩，她说她喜欢他家这样的院子，也喜欢那种有老式家庭味道的一切，虽然她每次来，他一定会为她专门准备好吃的糖果，但他坚信“大白丁”和她肯定已是青梅竹马的一对。直到她最后嫁给了体育老师，才知道自己错过了千载难逢的机缘。其实那时漂亮的女生很多，但能跟他聊天的很少，漂亮的女生，基本上都被流里流气的男生纠缠着，谁能跟她们在一起，必须有哥们儿罩着。

大概是因为有了中学的经验，在银行学校他可是当仁不让。赵九和是城市金融专业二班的班长，当时班上还有个团支部书记叫陈映霞，瘦瘦高高的女生，长长的披肩发，眉清目秀，特有气质，浑身上下都显露着一股水灵灵的雅致之气。那时学校还不能住宿，她和赵九和家住一个方向，他们总能一起来回。王有元那时和赵九和关系还极其一般，所以不管三七二十一，他每天下课也总等着和她一起走。为此他每天大概要多绕一个小时路程，但他乐此不疲。

那时大家都爱踢球，赵九和踢前锋，王有元踢后卫，比赛时，他就是盯人后卫。因为他有速度，身体灵活，盯人盯得紧极了。陈映霞爱看他们踢球，而且觉得王有元连踢球也踢得特别聪明，盯起人来简直就像是块橡皮膏。一想到他如一块橡皮膏盯人的样子，她就觉得特别好玩。

那时踢球的人很多，除了班级之间踢比赛，和其他学校及各种球队也常踢着玩。正在学校修建大楼的银行修建队中的人也都爱踢，但年岁大了，虽然踢得很猛很野，但场场都输。输急了，相互之间难免你推我打。有一回赵九和用头顶进一球，但他们非说他是越位在先。赵九和坚持自己没有越位。修建队的“金丝眼镜”和“罗圈腿秃瓢”立即上来对赵久和拳打脚踢，陈映霞上前劝阻，但金丝眼镜连她一起也又推又打。王有元本来没想动手，但这时他也冲上去，跳起来踹了“金丝眼镜”当胸一脚。这一脚来得突然，“眼镜”被踹得倒地乱滚。然后王有元又帮赵九和打得“秃瓢”满地乱爬。这时修建队更多人冲上来，铁揪乱棍，把赵九和打得满脸是血，一只胳膊也断了。王有元抢过一把铁锹，护着赵九和，因为他刚才跳得很高，大家都感觉他一定是练过功夫的，没人敢上，不时用砖头投他。学校老师赶来，修建队的人马才立即鸟兽般散去。后来同学们要求修建队道歉，但他们坚决不干。学校的建筑正在关键阶段，校务办也不好深究。正巧班里有位叫吴静铮的同学，父亲是当时银行的人事处长，他父亲把这事报告给行长，行长大怒，亲自过来把修建队大骂一顿。并亲自向全体同学老师道歉。但王有元和同学们坚持必须要由修建队亲自道歉，特别是“眼镜”，是他先动的手。校长找王有元和班里的骨干促膝谈心，教务处主任更是软硬兼施。同学们都坚持必须道歉。教务处主任有经验，拖了两天，他心生一计，先把王有元一人叫到办公室，继续软硬兼施。但他其实早安排别的老师去找其他同学，说刚才王有元和主任已达成共识，什么都同意了，大家不要再坚持。同学们都大怒，坚信王有元一定是想讨好校长和主任，赵九和大骂王有元是叛徒，连陈映霞对他瞬间也厌烦到极点。王有元回到班里，不知道刚才发生的一切。没人理他，而他觉得反正也没有谈出什么新的结果，什么不说自然也没关系，但他根本不知道大家已经一下子把所有的怒火全部集中到他的身上。下学后也没人理他，他自己还一直惦记着如何让“金丝眼镜”屈服呢。

那时他们的校舍是在城市的边缘，校门外还全是麦田。天上虽然乌云密布，但天边还是亮的。一轮明月刚刚从东方的那片宽阔的麦地升起，麦穗弯弯的，不停地摇曳着。陈映霞和赵九和就像没他这个人似的走在前方，他即使追上他们，俩人谁也不理他。直到上了公交汽车，赵九和才转头说了一句："叛徒。"但王有元没觉得是在说他，赵九和有独自碎碎叨叨的毛病，便料定一定是他忽然想起来什么事或什么人。

那天陈映霞发自内心不愿搭理他，但王有元不知所以，继续形影不离地跟着她。但她没有回家，直接去了附近一个有军人警卫的大院。无论王有元怎么说，警卫也不让他进。他就在外面等，直至等到晚上 10 点，也没见她出来。其实她早从大院别处出去了。后来，天空下起了细雨，但他在雨中继续等候，直到很晚他才徒步走回家，到家大概已凌晨一点。他喜欢雨，更喜欢在雨中散步，而且在雨中散步后来成为他舒缓压力和思考问题的独特癖好和习惯。

六

第二天，王有元依旧蒙在鼓里。还是班主任杨老师偷偷告诉他一切。班主任是写作课老师，他对王有元写作的文笔，一直赞赏有加，他相信王有元将来分配到总分行，一定会成为出类拔萃的笔杆子。王有元听懂了班主任的提示，如梦初醒，立即跑到教务处。主任和其他老师都不承认，而且主任还拍了桌子，大声斥责，你一个学生会主席，参与打架，还没完没了挑事，成何体统！王有元立即宣布辞职。但主任强调你跟我这儿辞不了，你是大家选的，需要按章程走程序。

王有元知道就算自己现在浑身是嘴，跟同学们也说不清了，只有无可奈何地忍着，同时他决定一个人去找“金丝眼镜”他们算账，即使再被他们打一顿，甚至可能被他们打残，他也不怕。中午，“眼镜”他们一伙人常在外面一个小酒馆吃饭，王有元决定去那儿找他们。结果到了酒馆门前，正看见“金丝眼镜”和几个外人在争辩什么，“罗圈腿秃瓢”和其他几个修建队的人也都在一旁跟着，他们也全看见他了。突然，几个外人动手了，而且从旁边又冲过一群人，那些人动作迅捷，一下子就把修建队的人打得落荒而逃。“眼镜”的金丝眼镜也被踩得乱七八糟。

修建队的那些人都是见多识广，知道这些家伙的厉害，而且他们认定这一切都是王有元安排的，因为他就在现场。但王有元也是很久以后才知道这些人，其实全是赵九和的哥哥安排的。修建队的人全拉家带口，逞一时之能还行，真没完没了地跟谁叫板，还真都有点发怵，至少为踢场球，犯不着。他们一合计，决定让学校给学生施压。于是，“眼镜”一伙到校长办公室大闹。

王有元坚称跟自己没有关系，但他这回依旧有口难辩，学校决定处理他。同学们也相信这事一定是他干的，倒也都佩服他。行长大人再次来校，息事宁人一番之后，叫来王有元。既批评教育，也激励鼓舞。起因在修建队，现在都相安无事，都既不追究，也不许没完没了，都是银行的，一家人，得饶人处且饶人。而且行长讲，听别人说你很有才，希望以后要把聪明勇敢用在做正确的事上，少和社会上不三不四的人交往。

在经历了这么一番激烈的争斗之后，应该说王有元已经提前进入了社会。当然，他太小看教务处老师们的厉害了，以及这件事对他毕生分配的影响。当时，全日制大学教育虽已恢复，毕业生还是供不应求，总分行都极需要他们当中的优秀人才，班主任极力推荐王有元，但校务办的主任觉得他性格不适合在机关，所以最后把他和赵九和这样的人全部分配到了基层。陈映霞据说本来分配到了办事处，后来也一样被分配到基层。吴静铮没去银行，他直接去了保险公司分公司。

当然，之前赵九和及陈映霞也都相信王有元的确没有出卖过任何人，一切都是被教务主任巧妙利用了。他们依旧又和往常一样来往，而且赵九和与王有元从此成了铁哥们，他明白王有元的心思，而且觉得陈映霞似乎对王有元也很有意，所以他后来总是找借口先走，好让王有元独自陪着陈映霞。陈映霞似乎更美丽了，两眼炯炯。她也非常乐意王有元继续如橡皮膏一样跟着自己绕道而行。当然她当时不知道的是，有时周末这块橡皮膏也会在她住的区域独自出没。但他们之间的关系依旧毫无实质性进展，一次十分难得的机会，还被吴静铮和肖弯弯的电子手表给搅和了。

那天突降了一场大雪，下午没课，大家都约定到天坛公园看雪景，是吴静铮和肖弯弯先打起了雪仗。那时，还有三四个月毕业，他们二人已经确定了恋爱关系。在他俩雪球纷飞的带动下，大家都有了小时候打雪仗的兴头。先是男生和女生互打，很快有些男生开始保护自己喜爱的女生，于是两大阵营一下子就分清楚了。没有人保护的女生多，但她们都像没人爱的男生打得一样猛，她们都跟着赵九和，专打王有元和陈映霞。王有元一边护着陈映霞，一边还不住央求她答应去吃东来顺火锅。陈映霞终于答应了。王有元双手高举，表面上他认输了，但他心里高兴极了，因为他刚刚赢得了自己人生的一盘大棋。但事情就是这么凑巧，肖弯弯突然发现刚刚戴上没几天的电子手表不见了。那时，电子手表、录音机什么的都刚刚流行。肖弯弯大哭。陈映霞让大家赶紧分头找。可找到天黑，也没找到。几乎所有人都认定手表找不到了，天又黑了，大家都喊着回家。但肖弯弯不干，她要吴静铮继续跟自己找，因为她爸爸要是知道手表丢了，一定饶不了她。因为大部分同学都想不出她父亲能怎么饶不了她，于是全走了，陈映霞坚持留下陪着找，赵九和也没走，王有元没办法也只有跟着。因为打雪仗跑得浑身大汗，此时前胸后背全是冰凉冰凉的。

直到肖弯弯也相信肯定是找不到了，天色已深，但她坚决不回家，她要大家帮助凑钱，她必须去买块新的。但那时大家兜里能有几块钱就已经不错了，而买那块表至少需要八十元。最后，陈映霞要肖弯弯跟她回家，她也有一块一样的电子手表，但她一直觉得戴在手腕上不舒服，正想妹妹生日时送给妹妹呢。王有元坚持跟着去，关键是他还要请她去吃火锅呢。

肖弯弯拿到手表，便和吴静铮匆匆走了。

陈映霞再说出去，她的妈妈坚决不同意。陈映霞让王有元在门外等等，自己再去磨磨，但等了半天，依旧不成。陈映霞再打开门时，已经换上了一身粉色睡衣，她大概是想告诉王有元真的出不去了。王有元立即发现她睫毛上有泪花，便全明白了，虽然她努力了，但现在已换上在家里穿的衣服，肯定出不去了。他什么也没再说，转身要走，但低头转身时，一眼看见陈映霞的拖鞋，黑丝绒面，上面绣着粉红的梅花，居然跟母亲过去穿过的拖鞋几乎一模一样，只是母亲的是莲花，而她的图案是梅花。他再次下意识地抬头看了看陈映霞，她脸色粉白粉白的，身形婀娜地也在看他。他极想冲上去抱住她，因为就在那个瞬间，陈映霞简直像极了他梦幻中的未来女人，在家就应该是这个样子，但此刻，他一刻也不能停留，否则不知会不会弄出什么蠢事，他转身飞快地跑下了楼梯。

当然，他很久以后才知道了当时的真实情况。因为陈映霞的妈妈总听她回家说班上的情况，王有元这个名字早已耳熟能详，但见到真人，她妈妈有失所望，因为那时王有元依旧骨瘦如柴，脸色暗黑，一点不像她感觉的那样。陈映霞父母都在外交部任职，祖籍上海，本来就看不上北方人，而只瞧了王有元一眼，就认定他就是那种典型的老北京的小市民。而陈映霞原本的那些同学，既是外交部的子弟，又都考上了大学，随便一个都要比这傻小子强上百倍。所以她当时就料定自己女儿的大脑，一定进了水。

虽然，自此陈映霞和王有元依旧来往，但也仅限于吃吃饭，看看电影或演出而已。他们吃得最多的是东华门的一个蒸饺馆，以及一家上海风味餐馆。他们看过的电影包括《永恒的爱情》《生死恋》。但每当王有元提出什么新的要求，肯定会遭到无情拒绝。

因为他全身都充满着爱情和青春的激荡，却没有得到爱的回声和爱的硕果，他除了偶尔在外交部宿舍楼区的四周继续踟蹰徘徊，又开始重新思考生死的问题及什么是爱，以及如何才能够得到爱。古今中外，文史哲宗，后来还从心理学及科学的大量的论术及研究，分析自己的情绪和心理状态。那时，除了《死的研究》没写完，他完成几篇论文，《论爱的艺术》《爱的心理模式及哲学思考》《性的崇拜》

等，挥霍了不少他的荷尔蒙和力比多，虽然这时他似乎已知道了所有关于爱的学问和真谛，但却无法迈入，更无法完美自己爱的旅程。

当然，那时最汹涌澎湃的潮流是文学艺术，街上流行的时尚是长头发牛仔裤。王有元对长发和牛仔裤都不感兴趣，但他酷爱当代的小说和朦胧诗。王蒙的《相见时难》，莫言的《透明的红萝卜》都是他的最爱。他更加喜欢的是顾城、北岛、芒克、舒婷等朦胧诗人。因为他几乎是用了十年的时间，每天下班后的晚上，他都会进行大量新兴学科和各种现代思潮的学习研究，超过那个时代同龄人的认知程度，形成了层次丰满的知识结构，在任何的沟通和发言中，他都表现出与其他人的根本不同，充满了激情与诗意，特别是时代的重音。

首先，他绝不顺着别人的话说，其次，大家听他发言都会有不同震撼，乃至于对他说过的话经久不忘。当然，王有元后来也一再声称，自己就是一个残存的文学青年。也就是在王有元过着这种白天平淡，夜晚不朽的十年自学生涯的同时，李龙地的脱产学习也完成了，他回银行办事处工作了两年，入了党，又考取了设在南口的金融研究院研究生，以后又回到银行，在分行计划处工作，工作期间获得了华南财经大学的博士学位。

王有元所在的银行办事处当时有两千多人，团员就有八百多，团委书记把他列入了后备人选。当然阻碍不小，最主要的就是他没在机关待过，另外组织部长兼工会主席是原来银行修建队的书记，知道他的情况。但当时的党委书记兼办事处程主任，是改革潮流的典型代表。他同王有元谈了一次话。先谈了对他的了解，并赞赏他所能表现出的优秀之处。最后要求他一定要学会坚持原则，多结良师益友，学习真本事真本领，积极奉献组织奉献社会。谈话结束后，领导立即通知办公室，安排组织部、人事科、劳资科、团委等部门负责人开会。会议提出，调王有元到区办事处，拟任团委副书记，并筹备银行业务创新小组办公室。

七

王有元去机关那年，正赶上建党七十周年。党委要求各部门都要积极准备庆祝节目。王有元按团委书记的要求，编写了《红岩》中江雪琴带领狱友绣五星红旗的片段。而且，他独自完成了渣滓洞监狱牢房的舞台布景设计和绘制，气氛十分逼真，又从八一电影厂借来了服装和道具，团委书记还亲自扮演了江姐。演出不到十分钟，就把领导和同事们都看哭了，而且掌声雷动。

活动结束后，党委书记问宣传部长："如何奖励这些为党过生日的团员们？你看，王有元一来，立马就不一样了，什么都是专业水准，不是玩闹，他们这个节目就是去电视台演，我看都没问题，不像你们以前，只会玩对眼，还号称《十字街头》。”

那年底，王有元终于当选为新一届的团委书记，但是他整天忙碌的全是创新办的那些活儿。创新是一种活力，是一种精神。也可以说创新是所有事物的生命及社会发展的动力。但有些创新如果设计不好，或者执行不到位，可能就会损害某些人的利益。比如在如何考核员工绩效，特别是如何评价管理者和领导者的工作能力和管理水平等方面，改革方案一出台，就遭到很多人的反对，特别是奖金奖励办法，重心一倾向基层，特别是业务一线，所有管理基层一线的干部，就都不乐意了。每次发完奖金，王有元就会遭到好多人指责和谩骂。工会里的大大小小的领导就特别反对他。因为平日组织活动，都是工会独领的风光，现在团委什么都被领导指派参与，说是什么齐抓共管。而现在的奖金总额增加了很多，但他们这些非管理的科室奖金却比以前少了很多，所以大家很是不满。工会主席的年纪大，又是资深老银行，对党委书记也是随心所欲表达不同意见，甚至经常带头反对一些新的建议和管理办法。他最后就索性以保护员工利益和管理的公平性为由，到处找上级领导，要求取消这些创新的绩效考核办法和奖金分配方案，他甚至提出连这个创新办，也纯属是乱设机构，必须取缔！他的这些诉求终于得到分行老行长的支持。终于，王有元兼任的这个创新办被取消了。

党委书记找王有元谈话，大致是说觉得他适合做人事工作，但人事太复杂，你在银行没根儿，缺乏保护。所以决定先让他去行政后勤，任代科长。这活儿好人不愿干，但赖人也干不了，去做做，也正好除除身上的书生气，为以后积累一些基础。

王有元担任代科长，领导交给他的第一个任务，就是要将放在大会议室角落的一个台球案，搬到培训中心去。因为那时大家都打台球上瘾，开会前后，必须打那么两三杆。领导多次说让行政后勤把球案搬走。但工会主席不让搬，他说台球案是工会财产，你行政后勤不能动。所以，近一年了，球案也没搬走。这次，王有元安排运输车辆和后勤员工，球案刚搬上车，工会主席就来了，怒目圆睁，面红耳赤，大声斥责。司机和员工全怕工会主席，他又这么大喊大叫的，全吓坏了。但王有元坚持必须拉走，他必须执行一把手的命令，工会也应该服从党委书记的意见。工会主席又跟他大喊大叫道："你连个党都没入，跟我提什么党委。"但他见王有元丝毫不为自己的愤怒和要挟所动。工会主席转念一想，知道这孙子根本不怕自己，愣要他不拉是不可能的，为了自己的面子和一贯强硬的形象，他提出可以拉走，但不能放培训中心，要送到分行。这是他早就想好的如意算盘，你们谁也别想在我的地盘上胡作非为，我把球案送给上级行，看你们谁敢拦。他去打电话，要大家等着。

王有元让司机上车，但司机就是不敢。王有元刚考完卡车本子，自己上了车，发动引擎，毫不犹豫地把车开走了。工会主席从楼里匆匆赶回，院子里已空无一人。从此，王有元的执行力，在办事处是人人尽知，工会主席的霸气，从此无法继续嚣张。王有元很快由代科长，转为科长。当然，当这个科长是不易的，吃喝拉撒，事无巨细，从早到晚，忙碌不停。他每次去厕所，都去不同楼层，每进一个厕所，都要仔细查看并到处打扫清洁一番。而且，在他带领下，行政科全员动手维护卫生，机关里的所有厕所，终于不再弥漫臊臭之味。

那时改革正在社会各个层面不断发展扩大，办事处程主任被上调总行人事司。新来的领导也赏识王有元，但总觉得他应该当办公室主任，但一议，才知道他还没入党。领导很诧异，一深入了解，知道事出有因，她指示机关支部，发展王有元时，她必须参加。

王有元终于成为办公室主任。那时银行的

办事处已经改为支行。他在办公室一干三年。三年里，他在分行办公室所辖的系统中成了名人，连续三年在银行信息上报数量、新闻报道宣传采用量、新闻作品获奖数等方面，均被分行评为第一名。这时，他的老领导刚刚从总行人事部调任分行行长。过去在办事处，王有元总称领导“头儿”，现在再见一口一个程行长，而且一副毕恭毕敬的样子。程行长夸他进步了，并且肯定是新行长调教得好。后来分行办公室刘主任奉命找王有元谈话，要安排他去分行给新任行长当秘书，按说这是一次千载难逢的机遇，但王有元拒绝了。因为他不想再干办公室了，他想学业务。所以当刘主任再次跟他商量去分行时，他一口拒绝。当然，他的拒绝，给了李龙地绝好的机会。李龙地告诉行长，王有元是他的徒弟，行长看看他，说了一句李龙地为此厌烦一辈子的一句话：我不配让王有元给我当秘书，王有元就是给个部长当秘书都绰绰有余。李龙地的特点，就是别人都不行，一切都是为他自己准备的，而且无论遇到什么人或什么事，他也绝对不知道什么是寒碜。

那时，继续成立了几家股份制银行，几家区域性的银行也纷纷升格成为全国性银行。这些银行的兴行战略都是立即在北京设立分行。一瞬间，各家银行在北京展开了金融人才争夺战。王有元这边的现任行长，被总部设在长江流域的一家银行看好，拟任分行行长。

行长姓关，是位性格爽朗，作风潇洒的女强人。她要王有元跟着去，先做办公室主任，然后只要准许成立支行，就安排他去当行长。王有元高高兴兴地去了，一干就是十个月，从申请筹建，到网点装修，招聘培训，开业宣传，他都样样手到擒来。

领导说话算数，终于安排他筹备支行了，而且干什么都是一路绿灯，支行的经营及各项指标，也是样样开门红。可能是因为一切都太顺利了，总得有些意外的事情发生，才能显示老天的公道。终于，一伙彪悍的劫匪突然光顾了他们这个小小的支行。当然劫匪事后交代，按计划是要抢旁边的一个大行。但那天正赶上那个行搞防抢劫演练。他们才临时改了主意。

时间大约是在 1996 年年初。一伙儿穷凶极恶又训练有素的歹徒，使用自动步枪首先抢劫了一家国有银行的支行，大获成功之后，继续疯狂作案。公安部亲自督办，但线索全无。这天又趁王有元这家刚刚开业不久的支行，员工防范意识薄弱，毫不费力地抢走了两个款箱，现金两百多万元。面对突如其来的抢劫，员工不仅毫无反抗之意，而且全蒙了，最后望着扬长而去的劫匪，依旧毫无任何举措，半天，还是保安反应先过来，赶紧报警。王有元当时不在行里，还是办公室的沈香洁第一个向他报告的情况，他一下子也蒙了。回到行里，里里外外全是警察。分行领导和保卫部的负责人也赶来了，他们立即请公安局内保处的领导同志安排部署相关工作。内保处领导就已掌握的情况，首先严厉批评银行对安全保卫工作的松懈，以及对安保制度执行不力。因为抢劫案已接连发生，公安系统严令加强防范演练，而这里就一直没有很好的落实，而旁边的银行，恰恰刚刚安排了演练，所以依当时的情形就可以判断，劫匪会找谁下手。

事情已至如此，有口难辩。但偏偏几天以后，这伙劫匪又去抢劫一家商业银行，结果行长员工奋起反抗，虽然一死多伤，但依旧赤手空拳地往前冲。劫匪担心警察到了，顾不上款箱，快速落荒而逃。这一下，对王有元的压力可就更大了，他也陷入了深深的自责和忏悔中。他知道问题都出在自己性格过于乐观，缺乏忧患意识，总觉得自己吉人天相。

但是事情就是这么凑巧，就在他正一筹莫展不知所措之际，一个姓温的总会计师来行里跟他闲聊，说起抢劫案，非常兴奋地说电视里播放的抢劫案的作案车辆，就在他住的小区停了好几天，篮色的尼桑，车号06759，他特别爱记车号，而且他会用所见到的车号，推算他最近要办的事儿的成失得否，所以这辆车肯定错不了。王有元问他报案没有，温总说不敢报，一是怕报复，二是警察肯定先要把他审个够。王有元叫来公安，动员温总实话实说，结果向上级一汇报，市局立即命令全城秘密严查丢失车辆的情况。果然，又有丢失的尼桑，而且两天后，终于在天上人间附近发现了那辆尼桑。公安包围了现场，最后经过一场激烈枪战，打伤并捕获了这几个劫匪。公安干警又顺藤摸瓜，在河北及广西一带抓获了贩枪团伙，彻底解决了首都金融行业和百姓的后顾之忧。

温总不仅立了功，也一直受到了警方的保

护。王有元反应及时，也算是将功补过，圆满地收拾了残局，行里和内保处都对他后来的表现很满意。

八

面对花房外那片狼藉的现场，王有元心里虽然有点不忍目睹，极不舒服，但他倒也没有什么特别的想法。他相信一切都是意外，而且什么都有可能发生，特别是死亡，无论是过去还是将来，特别是将来，只能会更猛烈地来纠缠他，死亡应该是他想揭但永远也揭不开的谜，也是挥之不去的阴影。当然他也非常清楚死是迟早的事，而且无常如影随形，谁也无法抗拒，特别是到医院看望谁或者是到火化场送别谁，这种感受尤其强烈深刻，他有时甚至会纠缠很久。不过，人在这方面的解脱能力还是蛮强的，常常是想着想着，就不想了，最后他每天还是依旧满怀激情，充满斗志，迎接一轮又一轮新的挑战和考验。而且因为他总觉得自己的一生欠缺东西太多，总有需要补偿的地方，所以干什么都是拼命三郎。

但是今天的事情，似乎表明死神已经莅临到他的眼前儿，当然也没有什么让他特别吃惊的地方，他只是开始思考死神的突然敲门甚至于几乎破门而入，到底意味着什么，而且他相信一定是要想告诉他什么，甚至可能是要告诉自己近期或者是随后什么时间，一定要发生的事情。但他很快就什么都不想了，因为自从沈香洁去世后，对他来说，今后将要发生什么也都无所谓了，死对他虽然依旧是谜，但是早已不足畏惧，至多也就是一闪念而已，他甚至不需要什么应对之策，就已能很泰然地等待或者接受任何事情的发生。

可是第二天，当他突然听说死的人是谁时，顿时大吃一惊，甚至是大惊失色。因为这个人他太熟悉了，几年以前，就是这位处处与他作对的女强人，甚至是想要了他的命，近期又常常跟他纠缠不休，神神叨叨。虽然听闻这事时，他还在银行的办公室，但他立刻感觉满室臭气熏天，自己的那个花园和花房，也都仿佛变成了红色的沙盘。

银行款箱被抢之后，王有元挨了个行政处分，但没有影响支行的快速发展。而且他安排干部和客户经理参加《第五项修炼》的管理培训，以及让女员工参加的舍宾形体训练，都越来越发挥出特有的功效。支行里里外外，上上下下都赢得了客户的尊敬和喜爱。很快，他被提升为分行行长助理，又过两年当上了副行长，三年之后，又被任命为天津分行行长。

当然李龙地升得更快。因为那时关行长已升任总行行长，而过去的老领导程行长，在他那总行行长的位置上也正面临退休，而那时作为国有银行的大领导，退下来也会被安排到一个自身体制外的单位，继续发挥余热，因此关行长就协调方方面面，安排程行长到自己这儿任董事长，李龙地自然成了董事长办公室主任，很快又当上了总行副行长。后来，关行长得了重病，又是手术又是疗养，围绕未来行长的位置，几个副行长都施展出浑身解数，李龙地什么都不争，他写了几封匿名信，告了所有副行长的罪状，当然也包括他自己，但别人的罪状都是实的，只有他的是虚的，何况他来的时间本来也不长，什么事也都没做呢。最终由他接任了行长。当然，关行长退下之前，明确提出要提升王有元为总行副行长，李龙地也立即同意了。

王有元到了总行，李龙地并没有安排他管擅长的业务，而是让他分管零售业务总部，包括个人金融、信用卡、私人银行等，全是王有元不太熟悉的业务。李龙地告诉他，这样好，也是完美你的人生，丰满你的阅历。

当时，行里正在全国招聘信用卡中心的总经理。几轮之后，大家一致看好的有两个人，一个是台湾的资深信用卡专家，叫蔡炳坤，一个是香港的一家银行的信用卡机构经理，名汪锦锦。她其实不是香港人，但到底是哪儿的人，她总是东南西北的，谁也没听明白。

王有元本来对聘谁都没有意见，但在询问

如何保证科技系统的快速支持和服务时，汪锦锦提出自己在香港的经验就是去市场买个软件，回来自己动手，按照业务需求和升级目标，改造改造。“很简单的啦！”她几乎回答任何问题时，最后都会找补这么一句，而且秀美的两眼转来转去，分明闪烁着看谁都是傻子的目光。

因为她这样的回答，王有元认为此人不可用，太随意了，而且她的这种做法，根本不符合一家大银行的风险管控的要求和系统管理的规范。他跟李龙地明确提出这个汪锦锦不能要。但李龙地的看法跟他正好相反，因为李龙地看好的正是她的这种想法，既省钱又快捷。当然，王有元也没再说什么，虽然这事按说应该由他主管，但他知道副手的职责就是配合一把手的工作，一把手说行那保证错不了。但让他怎么也没想到的是，李龙地后来竟把自己对汪锦锦的态度和看法，一五一十地告诉了她本人。本来汪锦锦对王有元还是挺有好感的，但从此以后，开始恨他不死。

汪锦锦提出创新信用卡的服务，丰富并强化信用卡消费功能，加强与商业机构和第三方的合作。因为有了这样的创新模式，汪锦锦成了新闻人物，而且以她的艳丽妩媚的姿色，各种场合她都会成为那里的聚焦点。王有元提出她的创新存在巨大风险。但李龙地认为你这是吹毛求疵，想法决定做法，思路决定出路，人家是专家，你就大胆让她试吧，即使错了，再纠正也不迟。

王有元是那个时候恢复练写书法的。他拜

一位书法名家当老师，但人家一看他写的字，大加称赞，而且说他已经是书法大师了。那时，他自己还篆刻了一枚闲章，刻了四个字：呻吟无语。他自己也说不清什么意思，当然别人也就更无法明白。

信用卡的开卡数量和交易量都开始迅猛增长，但是违约量和不良率也在直线上升，王有元要求查找原因，答案就是诈骗犯太多，各省市的骗子都借着这种创新审批的简单化，蜂拥而至。王有元要求报案抓人，但公安局立不了案。王有元到北京和天津深入调研，并与公安经侦法规等相关领导专家座谈，终于找到了可以立案的依据，以及将骗子们绳之以法的犯罪线索和途径。于是开始抓人，但是抓一个骗子，骗子就会供出十几个内部人员的参与和配合，分支行还要想方设法保护和捞出自己的员工。李龙地大怒，他认为王有元的做法是挖自己银行的墙角，特别是内部员工的参与，非抓这事为嘛儿？他故意用天津人的语调质问，因为他觉得这事一旦曝光，那将是巨大的声誉风险，有担保公司在，我们有什么好担心的！他在行长办公会上大发雷霆，并要求停止王有元分管信用卡中心的工作。

几天之后，全行上上下下的管理者，都收到了署名天津员工的短信，关于王有元如何在天津欺男霸女的信息，行里也接到了纸质的举报信。大家都不知所措。王有元没有接到短信，所以什么也不知道。遭到李龙地的一顿痛斥后，才知道事情大致的端倪。他告诉李龙地，第一自己没有干过这种事，第二天津的员工也不会写告状信，他知道天津人有好的传统，他们有仇一定是拳脚相报或是说个段子，一笑了之。

李龙地分别召开行长会和党委会，对全行上上下下的不良行为，甚至对社会上的权贵们的种种不俭，都进行了不留情的批评。而且，他还要将这些严重的问题上报董事会和监事会。

王有元不接受这样的批评和指责。经过咨询和思考，他决定去天津公安局报案。天津大哥还活着，八十多岁，耳聪目明，又皓首穷经，专研梅花易数。按他推算，应是二男二女参与此事，二男一女是当官的，最后执行的是个年轻的女人。大哥还特意嘱咐他，不要辞职，要恪守自己的职责与使命，不能让用心不正的人得逞，另外，也不要跟谁争斗，自古邪不压正，坏人迟早会自己干掉自己，秋天的树叶是不需要人来打的。

王有元听是听了，但都没太往心里去。天津公安局又协调总行所在地公安部门，很快在当地抓了一个女人，她的丈夫是信用卡中心的办公室主任，是汪锦锦从香港带来的老部下。她承认一切都是按照事先写好的举报信上的内容，输入她的手机，再按全行管理层名册群发的。

事情终于水落石出，而且基本上符合大哥的推算。王有元算是舒了口气。可是程董事长约他吃了顿饭。程董事长告诉他，咱们老总行正在全国招聘副行长，原来办公室的刘主任刚刚接任总行行长不久，此人心地善良，可以信任，他也需要你这样的人去帮他，所以领导要他去那儿应聘。

王有元知道老领导的心思，他有很多把柄都握在李龙地手中，而自己也的确应该适时离开。但他刚跟行里提出辞职，立即又有帖子上了好望角网站，说他已携巨款潜逃失联。而且举报信又雪片似的飞向监督管理机构。若不是刘行长亲自出面协调，王有元几乎哪儿也去不成了。

半年以后，一天半夜李龙地带汪锦锦入住北京某豪华饭店，因为半夜三更而汪锦锦又太酷似小姐，被正在饭店埋伏的扫黄刑侦大队的干警，一起当嫖娼的男女给抓了。李龙地偷偷用另一个手机，给北京分行行长打电话，让他赶紧找人去协调市局关系，最后才把他们二人放了出来。又过了两年，监管机构鉴于该行信用卡坏账巨大，以及产品设计和管理中存在的重大问题，特别是用虚假的担保机构，任由诈骗犯里应外合，造成重大损失，对该行进行了严厉的处罚，对汪锦锦个人也处以罚款和两年不得在银行行业从业的处罚。

九

美丽的天津。蜿蜒曲折的海河，静静地流过市区，连接两岸的金刚桥、解放桥等充满历史和特色的桥梁。这是天津的母亲河，记录着这里上千年的沧桑和兴衰。城市道路四通八达，但就是曲里拐弯的，初来乍到，稍不留神，你就会有去无回，困在某个地方。充满法国和意大利浪漫风情的五大道，一座座洋楼，更是天津近百年的历史缩影。

王有元一到天津，先去大哥那里。大哥家就住在五大道一处三层小楼，一层二层侄女用来开了私房菜。大哥住在三层，大哥瘦瘦的，上下楼梯还轻松自在，而且依旧手不离烟。

他听清楚王有元这回是要到天津来当行长，露出十分满意的样子，但他话锋一转，忽然严肃地问道，知道什么叫天津卫吗？而且自问自答：六百多年前，明燕王朱棣造反，抢夺天下，他从三岔河口渡河，先袭取沧州，最后打到南京，登上天子宝座，后来便把三岔河口封为天津，意为天子渡津之地，后又在天津设卫，驻军养兵，所以又称天津卫。又问嘛儿叫码头文化？在北京，你们是胡同文化，街坊四邻的，祖孙几代就没换过地方，谁不了解谁啊，说什么都得小心着，尤其不能胡扯，否则明天保准挨揍。可天津是码头文化，怎么个意思？就是说在码头，两条船，船和船挨在一块，一生可能也就这么一两回，所以随便聊，怎么逗哏怎么来，你说你是神仙，不要紧，因为那主肯定会说自己就是上帝。因为甭管聊多大，天亮以后，谁和谁基本上再也见不着了。跟你讲这些干嘛，因为你现在来天津了，不是游逛，是来办正差的，要明白这儿码头不简单，不是等闲的。不起眼的人，也能连着天，千万别不把人家当回事。但是，话又说回来，这里的人全能聊，聊天聊地，说得全像真的，你要留个心眼，还千万别把聊的东西都当回事。将来在这儿不管干嘛，眼看不清的东西，千万不要摸碰，看不到远方的地界儿，千万不要向前冲。

王有元把这四个千万记得清清楚楚。而且初步感觉那时的天津还真已有些和谐共生的氛围，比别的地方什么都仿佛慢半拍，做什么都是慢节奏，都不急不慌。他还从有些员工身上，感觉他们每天似乎就干一件事，上午干了，下午就歇半天，晚上请客或开会，就等一天。特别是男员工，稍有不适，就敢辞职回家，老婆还心甘情愿地养他。而且，他还注意到天津的女人穿着讲究时尚，跟在旁边的男人衣饰往往还像是在上个世纪。开私家车的，也多是女士。

王有元急脾气，受不了这里慢吞吞的习性。他开始推行快节奏的工作方法，以及推动时间管理的高效运作模式，大致用了几个月的时间基本上把员工的状态，调到他需要的节奏，有时看到一些员工一路小跑的样子，他也心疼，但慈不带兵，他要对他们的未来负责，因为只有高效率的工作，才能施展出超能力的水平，只有快节奏地推动各项业务的发展，分行的发展才能注入成长的活力。他那时总爱说一句特别的话：懒惰是所有问题的根本，迟缓是现代节奏的嘈音，只有精进和快捷，才是服务行业的永恒之道。

当然王有元也非常清楚，因为说到底，任何业绩的取得，都是员工付出的努力和辛勤换来的。自己初来乍到，具体的事情其实什么也没做，而且，如果什么都要由他亲自做，一是根本就不可能，二是团队的效应就会被矮化。况且自己迟早也会离开，所以必须要他们什么都要会做，一切也必须让每个人都参与其中，像大家庭一样，人人都有自己的职责与使命。

分行的各项业务考核指标，半年后都有明显提升。而且几个总行 PS 了的项目，也在他调研后重新调整了工作思路、制订了推动计划。之前，总行对分行要给铁路建设和车站项目贷款，十分担心。但他对高铁充满了期盼，虽然可能面临长期亏损，但未来的高铁，一定是国人出行的重要方式，所以他对新建火车站和铁路建设项目，都觉得应该给予全力支持，因为两个项目，二十几个亿，利率不上浮，期限又长，要经总行行长办公会讨论通过，才能放款。首席风险官一直有些担心，他要求王有元必须亲自来总行汇报。因为准备资料十分详细充分，任何问题王有元皆予详细解答，最后领导们一致通过。

那时天津定位要成为北方的经济中心和金融先行先试的试验中心，特别是正全力打造滨海新区和新金融功能区。但王有元鉴于北京有些金融区域设计和区域竞争激烈的程度，分析天津不具备那么多总行总部级的金融机构，而如此大面积的在市区和开发区投入重复性的建设，风险较高。而天津的未来，一定是在海河两岸，因此他积极与政府合作，投入海河两岸旧城改造和新城区建设。而那时别的银行全专注滨海了，他们分行在市里项目上的话语权反而很重，贷款全部上浮 10%以上，而且存款回存率还极高。两年后天津分行的业绩成长显著，而且管理也上了新台阶。在天津出现钢贸等一系列大面积金融风险时，他们分行都没有大的损失，不仅利润颇丰，这些贷款项目所聚集形成的资金规模，也成为他们天津分行贷款稳健运行的压舱石，贷款不良率为全行最低。

当然问题也总是有的，甚至是稍不留神就可能满盘皆输。有一天，分行机关干部员工正在会议室搞春节前聚会，包饺子比赛，吃完饺子还要搞新春联欢。天津的女员工都是心灵手巧，包的饺子又快又漂亮，个个像闪着白光的小元宝。

有件事王有元一直想不明白，他边包饺子边问大家：看你们干什么都不是太着急，可每天一下班，往家走得都特别急，特别是男员工，而且在大街骑自行车的那些人，也都骑得飞快。半天没有人回答，最后营业部总经理说了一句，还不就是为了快点回家吃口热乎的。大伙都哈哈笑。王有元还不是太明白，但是，也有些明白，就是这里的每个家庭，似乎还都有它的召唤力和凝聚力。家中的女人，既有南方人的精明又有北方的大度，家中的男人也都有既听话又顾家的习惯，当然也都有爱瞎白呼、逗哏的嘴皮子。王有元立即觉得这也真是一种和谐的社会。以后，他很少要求员工晚上加班，除非情况特殊，而且有谁什么事办得慢些，也不做任何批评和责罚。

就在大家刚刚煮上饺子，准备开宴时，主持风险的蒋行长来了。他红头涨脸，脑门上还有一个筋疙瘩。一问才知道，是因为一笔五个亿的抵押贷款项目，核查抵押物登记时，发现登记有误，要求必须重新登记，但开发商不干，因为重新核查登记，节前肯定放不了款，那会影响公司的用款和周转。双方争执不下，吵了起来。这个项目经理本来就是个包工头，浑脾气一上来，竟把坚持原则的副行长暴打一顿。

王有元一听就气不打一处来。他要信贷部老总立即联系开发商，第一面谈，第二取消这笔授信。信贷部老总赶忙报告，开发商任老板已经赶来，正在分行楼外候着呢。

王有元立即下楼，他也不准备让开发商进楼，只要他们诚恳道歉并提出合理的处理意见，双方就好说好散。但信贷部老总偷偷告诉他，登记抵押物信息的错误，的确是咱们的员工造成的，让他改，但他反复强调没问题，因为他是另一位副行长的外甥。

王有元一听这话，转身问蒋行长，按这个登记，万一出问题，官司能赢吗？蒋行长摇头。王有元又问资料是谁提供的。蒋行长说，资料都是他们提供的，但前前后后，资料又多，一直有差别，我们发现这个问题，也一直在跟市建委及相关部门反复核对。只要按我们核对过的改了就肯定没有问题，行长，信贷部的确有责任，我也有责任。

最终，这笔贷款还是放了。开发商开除了项目经理。分行劝退了问题员工。三年后这笔贷款如期归还了，王有元那时已离开分行，任老板特意跑到总行，向他报告三件事，一是五个亿的贷款已还，二是利息付了一个多亿，三是他将永远退出房地产行业。望着开发商近乎还有些童真的面孔，王有元当即坚信，若不是蒋行长坚持原则，这五个亿肯定就是不良了。而且，当初抵押登记的错误也一定是故意安排的。

天津有个非常好的交通企业，老板单增

阳，曾是劳模，一度十分辉煌。但后来因为经营不善，资不抵债。万般无奈，听信合伙人、某交通运输协会李总的建议，用两处房产抵押，贷出3000万元，由李总的协会担保，高息放出，操作三次，获利九百多万元。

单增阳喜出望外，决定加大资金投入。他从李某那获得北京某矿产公司的承兑汇票，到分行抵押了一个亿的资金，分支行信审人员也亲自到北京该矿产公司核查，没发现有什么问题。放款后，单增阳将一个亿全转给李总，他认定不用半年，他所有的亏空就可以加倍回还。但很快，他发现李总不太爱接电话，最后居然还停机了，到哪儿找也不见其踪影。单增阳知道问题严重，实在没辙，先联系分行，然后投案自首。

分行立即乱了。当然，他们按照公安局的要求，立即秘密成立了危机处置和应急小组，一切补救措施和与外界联系只在尽可能小的范围内进行。蒋行长带人再上北京，原来的那个矿产公司的办公室，现在已经人去屋空。

在肯定是资金诈骗案件后，总行领导和监管机构都非常重视，要求尽一切力量追回资金，降低损失。王有元联系内保处和经侦大队领导，提出能不能先不通缉李某，而且他相信单增阳自首，也没有几个人知道，那么由干警押着单增阳，到李某的老家福州，相信他早晚会出现的。公安局不同意带单增阳，侦查员们可以自行前去守候，行里要配合。

事情说来有些蹊跷，李某随后还真就潜回到了福州，但他不敢回家，而是躲在了家对面的一个网吧里。他跟网吧老板很熟，通过网吧的监控，他可以监视社区大门进进出出的车辆和行人。两天后，在他觉得没有公安及什么特殊人员进出后，他决定到家里看看，特别是要拿上护照。结果，刚进家门，侦查员就跟来了。

钱款已挥霍不少，付了单增阳九百万元利息，赌博输了近两千万元，好在一个亿还在。

虽然还需要公安局处理完相关程序，才能划回一个亿扣款。但已肯定没有损失了，王有元有些得意，带应急处置小组在侄女的私家菜，把酒临风，都喝醉了，然后又是豪言壮语，又是水调歌头。

当晚，他就睡在三层客厅的沙发上。第二

天，王有元起来见到大哥，刚要说什么，大哥却抢先说了：能打败千军万马，不如能降伏自我。说完，留下一团烟雾下楼了。

十

在天津工作三年，王有元没带家属。因为他的爱人沈香洁离不开家，她需要照顾一直生病的父母。王有元之所以要买一层和二层两个单元，也完全是为了照顾这二位老人。一层二老和保姆用，他和沈香洁住在二层。因为两层不通，重新加固承重墙后，才在两层之间，安装了一个旋转楼梯。

李龙地不需要照顾谁，所以他买的是顶层复式。

那时，王有元的父母早已相继离世。父亲查出胃癌，安排医院和医生他全不接受，他告诉王有元不用管，他相信有道大哥的预言，命在七九。他不再喝酒，也不再吃任何药，而且不吭一声，他偶尔愿意让王有元开车带他去四九城遛遛，这可是王有元的母亲不曾享受过的。他最后一年多，基本上也不吃饭，每天只喝水，嚼几颗生花生，最后在家中安详而逝，虚岁正是七十九。

应该说父亲的死，不像母亲，没有给他带来什么悲哀，因为母亲的肺癌转移多处，逝前异常痛苦，每周都要带去放疗，回来几乎餐饮不进，每天还都要注射杜冷丁，否则疼痛难忍，但最后还是营养不良，心力交瘁而终。母亲为儿女们受苦受累，连死都死得这样的苦，他痛苦至极，但他没有眼泪，深更半夜，独自一个人，骑着自行车在二环上绕了好几圈。

陈映霞终于结婚了。她没嫁给任何同学，而是嫁给了一个在远在非洲的文化参赞。她也没有跟王有元断绝来往，但也只是偶然来往而已。当然她也愿意跟王有元在一起，但父母的意志，已使得她对王有元没有了以前的那种情愫，只是觉得他一个人，好哥们儿，能陪就陪陪。但后来老公又调到新加坡任职，要她以夫人的身份随从，之后又去澳洲，老公辞职后他们移民到了加拿大。从此，三十年前所熟知的亲人朋友，包括父母，这二十几年来，她几乎都没再见过。

王有元也谈了几次恋爱。其中有个名叫叶童的医生，他很喜欢，但最终没谈成，因为她太爱美了，每天化妆就要用去两个小时，他琢磨来琢磨去，觉得还是找个自然点的好。

抢劫案发生以后，他的状态一时陷入低谷。大家也都躲着他回避他，仿佛料定在他身上不知还要发生什么倒霉的恶事。好在这时，一个对他这一生一世都非常重要的人物，在他的身边出现了。她就是沈香洁。

沈香洁大学毕业后直接去分行，先在营业部做了一年柜员，然后被调到机关办公室。因为她品学兼优，长得文静端庄，主持各种活动都能应对自如，大大方方。受到领导和同事们的好评。王有元知道她除了能说会唱，还能写东西，文笔很好。筹建支行时，就带她来支行办公室工作，抢劫案发生前，才刚刚提职为办公室副主任兼团支部书记。当然，那时王有元看沈香洁就是一个好孩子，没一点别的想法。

支行成立之初，王有元就发现制度存在很多问题，其实那些制度基本上也都是他征集撰写并修改的，但那时只是用于监管申报，而在具体工作中使用时，发现问题不少。他几次开会布置，要求各个环节，必须重新修改所有的制度，并要积极与分行各个部门密切沟通，以得到他们的指导支持和最终确认。

按说这不是什么复杂的事情，几十个制度，分到各个部门修改，工作量不是很大，但大家就是整不明白，改不到重点。修改后的制度，只有办公室方面的相关制度基本到位，明明白白，对复杂一些的如《财务管理办法》，则基本不动。别的部门用了很久时间，才修改完毕。他最后又逐个审阅，才上报分行，关行长也非常重视新建支行的制度建设，她也要求各个部门的必须予以配合和支持，而且要求文件整改完成，一定要上报总行。

经过这段工作，王有元特别注意到，他布

置什么工作或任务，别人很少用纸笔记，只有沈香洁说什么都要记在本上，有时他也觉得她虽然记了，但有些事情他说的又多又杂，也未必能记住并明白要办到的程度，但只要问她，就立即能说出事情进行到什么地步了，如果没有困难，她半途也不做任何汇报，完成了，才快速汇报。

另外，就是各个部门负责人，包括两个副行长，经常会提谁谁不错，过几天，又会讲曾经提过不错的那个人，又如何如何不行。为此，王有元拍过桌子，他强调当官，不管大小，一定要知道爱兵如子，绝不能凭你一时好恶，来评价手下和别人。唯一没有被他批评过的，只有沈香洁，因为她只说谁好，从来没提过谁不好。为此，他开始在支行提倡政通人和的企业文化。政通人和是关行长在分行最先提出的，他在分行时，已就如何让分行上下把这古老的理念变成现实的自觉追求，开始了企业文化的设计，后因为到了支行，一时顾不上了，现在好了，他可以继续推动，完善支行的企业文化建设，并且打造支行政通人和的和谐局面。

支行的环境越来越显得现代新潮，各种文化元素经过沈香洁的精心设计和现代工艺制作，令大企业客户，甚至是外资企业都赞叹不已。她在支行的作用越来越明显，而且渐渐地，王有元开始发现她在自己心里的位置也越来越重要了，甚至什么都好像离不开她，无论去哪儿，沈香洁不在场，心里就感觉空荡荡的，甚至有点没着没落。他尤其喜欢看她那明眸皓齿的笑靥和顾盼生辉的大眼睛，她的眼睛里，仿佛充满了海水一般淡蓝的圣光。

在他三十五岁生日那天，王有元安排下班后请支行二十位员工一起吃饭。姥姥去世后几乎没有人还记得他的生日，偶尔母亲记起了，不是太早就是又过去了。不过，这些都无所谓，他早已不过生日了，因此他事前并没说过生日的事，而且即使到吃饭时，他也不会说今天是自己的生日，他只是想请大伙一起聊聊天，放松放松，特别是想犒劳犒劳沈香洁。几次想单独请她，可想来想去，总觉得哪儿不合适。

但临下班，沈香洁的父亲突然发病住院，她必须立即赶去医院。她路上打电话，向王有元请假，最后她说："祝您生日快乐！"他先是一惊，随后非常感动，她竟然记着自己的生日，但随后他又觉得心里特别的低落。

除了沈香洁，大家陆续全到了。但可能因为缺她，他的话语很少，所以这顿饭似乎吃得特别安静，酒开了几瓶，也没有往常的喧闹。眼看就快结束了，突然一个糕点店的员工，送来一个双层的生日蛋糕，大家一时都不知谁过生日，一看，上面是王有元的名字。气氛一下子变了，大家都祝贺他，又集体唱了生日歌，他知道这蛋糕肯定是沈香洁安排的，一下子又兴奋起来，感觉沈香洁如在旁边一般。他开始和大家推杯换盏，杯杯见底，他那晚不仅是陶醉了，而是太过兴奋了，兴奋得几乎睡不着。他禁不住地想念沈香洁，而且越想越兴奋，他仰面朝天躺在床上，还不住喊着香洁的名字，最后才在想念着她，呼唤着她的状态中，以及蒙眬的醉意中，酣然入睡，进入了甜美的梦乡。

醒来以后，他思前想后，虽然依旧推却不去对沈香洁的思念，但理智告诉他，必须控制住自己的情绪，他清楚如果不加以约束，自己马上就会如干柴烈火般燃烧起来，那么一切就都乱了。而且沈香洁如何想，是否也如自己一样充满了爱意，尚不得而知，而且她毕竟小自己十多岁。不过最令他担忧的是这事一旦成真，就会惊扰无限。办公室恋情无可厚非，但一旦是一个行长和自己的部下谈情说爱，那影响至少好坏参半，甚至于他还想到，别人会怎么看自己在支行所倡导的，政通人和的文化理念。

为了防止出现办公室恋情，减少对支行的不好影响，他决定必须停止自己爱火的蔓延。他尽力回避沈香洁，更多地拜访客户，加强与总行部门的沟通。陈映霞联系不上了，音讯全无。好在还有曾经谈过情说过爱的几个人，最后他还是选择了叶童，此人外向爽快，有点像是中学时的那个外号“窄袖轻罗”的同学，应该说双方彼此都有一定好感，他们继续谈情说爱，甚至尝试品尝爱的禁果，直至谈婚论嫁，以减弱对沈香洁的爱意和思恋。

正所谓抽刀断水水更流，借酒消愁愁更愁。好在支行虽小，事务繁忙，各种业务竞争十分激烈，占去了王有元大部分精力，特别是几个开发区和市区水务工程的项目。

当时，南北两个开发区还处于成长建设

期，市区水务工程项目利国利民，但因为缺少担保而困难重重。经过银企与政府相关部门的重重沟通探讨，终于达成共识，但方案报到总行，总行根本不予受理。眼看着项目被其他银行一单一单签走，王有元心急如焚。他终于说服关行长带自己去总行汇报沟通，才解决了所有的难题。

后来分行也开始面临奥运项目的激烈竞争和服务能力的提升。关行长为了加强分行竞争力，提议升任王有元为分行行长助理，主抓重点客户和重要项目。王有元的能力和水平得到了更充分的发挥，而且在市区两级政府和各委办局，开始变得大名鼎鼎，在同业也是赫赫有名。

支行为王有元升迁搞了一场既是庆祝也是

欢送的联欢，除了自己员工，也请了重要客户。活动从始至终都是沈香洁安排的。饭后，安排去K歌房，沈香洁主持，出乎意料的是她居然换上了一身修长的红色礼服，红高跟鞋，不仅显得时尚潇洒，而且一改过去端庄的老样子，把黑发蓬松地绾结一侧，露出的耳畔，戴着金闪闪的耳环，粉白的脖颈上的项链也金光煜煜。这一切都透显着她的青春和时尚，王有元真感觉她此时此刻仿佛就是自己的新娘一般。

他们点唱了两首他最爱唱的歌——《把根留住》和《蒙古人》。随后他一直没再唱歌也没有跳舞，还是沈香洁主动过来请他。乐曲声声，王有元看着沈香洁焕然一新的装束，依旧十分惊异。因为他脑子里，只有她平时穿蓝色行服和黑色高跟鞋的记忆，还有马尾辫，而且不化妆。但今天完全不同了，他惊异于每个女人都有让自己更加美妙的秘密，甚至可能还有很多永远鲜为人知的一面。沈香洁告诉他，是为了谢谢他对自己的培养，而且要给他一个最美好的回忆。这下子，刚刚喝过的酒，似乎立即全部浸泡到了王有元的心上，他简直真的醉了。

可以说，那一晚又重新唤醒了他对沈香洁所有的深深爱恋。她顾盼生辉的眼神，以及那顾盼流兮的美妙等，全深深注入了他的灵魂。情人节的时候，他拒绝了叶童的约请，而以私人订制的烛光晚宴，邀请沈香洁，当然他当时还不敢肯定她是否肯定能来。但她来了，而且带着巧克力和玫瑰。更加重要的是，在那个迷人的夜晚，她接受了他的示爱。他们紧紧拥抱在一起，终于开启了完完全全的恋爱乐章。

双双坠入爱河之后，王有元才知道沈香洁的父亲是沈图，一位知名的作家，著作等身，但身体状态却每况愈下，直至后来生活几乎不能自理，母亲也因肠癌开始放化疗，导致渐渐失去生活能力。

沈香洁就是位充满了爱的天使，她白班上班，但每天五点起床，收拾房间，准备早点和午饭，晚上下班，买些水果蔬菜和半成品，快速烧制晚餐，直至侍候二老睡下。她既有青梅竹马的伙伴，也有才貌双全的追求者，但她顾不上恋爱。现在应该说，在见到王有元之前，她还是真的不懂什么是爱，什么是灵魂伴侣。但自从见到了王有元，特别是听他在入行培训时讲的《营销的想象力》后，她的灵魂仿佛被触动了，她看他的一切都那么潇洒帅气。她开始悄悄地爱上了他。但因为不知道他当时是否婚配，更不知道他会如何看待自己，所以只是暗恋而已。

当然自从到了支行，正式加入他的团队，暗恋的程度就更强了，但对他了解越多，距离就越来越远，因为他的底蕴与魄力太强大了，简直就是无法面对，特别是自己的家庭负担太大了，她几乎无法想象外人该如何适应并参与担当。

十一

沈香洁也出生在北京，也是在胡同里长大，她的大眼睛招人喜爱，而且又聪明好动，是个典型的大人和孩子都喜欢的丫头片子。

虽然在胡同里长大，但他们住的是砖木结构的楼房，木质地板，是文化局的宿舍，楼上楼下，左邻右舍，也全是文化名人。她的父亲沈图在一个文学编辑部工作，也是位著名的散文作家。

沈家是个大家庭，沈香洁的爷爷奶奶共培育了八个子女，她的父亲是老大。她的爷爷在中外友协工作，奶奶在家相夫教子。奶奶是旗人，能识文断字，尽管整天针线活要忙个不停，但还常常要静静地读一会儿书。奶奶从小就教她的父亲读书背诗，她父亲三岁时就能背诵好多诗词，爷爷偶尔也教，那时每天让她背诵最多的就是那句：“天作棋盘星作子，谁人敢下。地为琵琶路为弦，哪个敢弹。”背诵时还常常指手画脚的，大人孩子都爱看。

她的父亲小时候吃过混合面，见闻过日本鬼子的暴行，经历了北平的和平解放，也是北京中国少年先锋队第一批队员。后来，他参加了志愿军，作为最年轻的战地记者远赴朝鲜前线。她的父亲喜欢写作，尤其喜欢散文，上中学时就在《人民日报》发表过散文。回国后，主要从事文学编辑和文学创作。

沈香洁排行老三，上有哥哥姐姐。他们兄妹三人自小都由一个老保姆带大，当然他们的母亲也是这老保姆带大。大概因为自小就在一起的缘故，所以三个孩子从小到大都特别亲，当然他们三人待保姆也特别亲，直至她后来病逝。

沈香洁长胳膊长腿，从小爱骑自行车。小学时就能骑父亲的二八车，上中学以后还学会了带人。有时姐姐就坐在大梁上，哥哥则坐在后架上，一起陪她玩。一次被警察看到了，拦住他们，警察也不说沈香洁，因为她的两只大眼睛，充满了纯粹的童贞。警察只相信是大孩子欺负小孩子：你们这么重，让她这么一个孩子带你们，你们舒服了，她多辛苦。而且让她骑车带你们多危险。

沈香洁很小的时候就注意到，父亲在家不是读书看报，就是伏案疾书。他的书房很小，满墙的书，地上及写字台上堆的也都是书。当教师的母亲不许他们去书房，但偶尔她也会跑进去看父亲都在忙什么，父亲也喜欢她来，把她抱在腿上，任她翻三倒四。父亲也曾为她写了一篇散文《大眼睛》，而且荣获创作大奖。在他还未完成的回忆录里，也夸奖她的性格，平易近人，任劳任怨，有理想有信仰，而且既内敛又外露，永远天真烂漫，满面春风，尤其难得的是特别知书达礼，敬老尊贤，不失善念。

当然，沈香洁知道这一切也都缘于父亲的教诲。父亲平时教导他们最多的就三句话："不是原则的问题，要以和为贵""滴水之恩当涌泉相报""待人一定要真诚"。

沈香洁自小爱运动，唱歌跳舞体操样样都学，中学大学，她都是百米跨栏的冠军。她身直体正，穿什么都挺直笔顺，既显干净利落，也十分惹人注目。她上中学后，父亲给她买了一辆红色的二六自行车，同学们也特别爱蹭坐她的车出去玩。

在她和王有元明确关系以后，为了不影响王有元的事业，沈香洁主动辞去了工作。当时，赵九和因为经常路见不平，拔刀相助，被公安多次警告甚至拘留，早已辞职下海，开办了自己的企业。那时下海早，遍地都是真金白银，他赚得很多很快，参加同学聚会，要么奔驰 280，要么就是奥迪 2.6。王有元让沈香洁到他那里，赵九和就安排她当了会计。工作很轻松，她可以有更多的时间照顾父母。

王有元初次见到沈香洁的父亲，一看就觉得特别亲近。慈眉善目，温文尔雅。两只大眼睛炯炯有神。沈香洁的两只大眼睛一定是遗传了父亲的精髓。沈香洁的母亲，长得很白净，沈香洁也继承了母亲的优点。所以这样两只美丽的大眼睛，一旦落到了白净的脸上，顿时美羡了她的人生。当然，她的母亲怎么瞧也是大家闺秀，戴着银丝眼镜，更是知性十足，但就是哪里有点奶奶那种严厉的味道。

王有元在分行当行长助理，拼命三郎一般地忙于工作，但只要有时间，就到沈香洁家一同侍候家中二老，他特别爱给大家做饭。她的父母及哥哥姐姐也都喜欢他的加入。

那时李龙地的哥哥做房地产，开发了一个小区，因为太贵，卖得不好，倒是顶层的复式供不应求。他动员王有元买套复式。王有元看过后，觉得一层不错，有个不小的院子，既可以停车，也可种种花草，让沈香洁的父母来住，又方便接地气。他定了一层二层各一套，条件就是两层之间，必须搞个楼梯。这太难了，找到原设计，从一层到地下室，层层都要重新加固。当然最后也如复式一般。

他们结婚的时候，关行长做了证婚人。婚礼仪式在一个公园的草坪上举行。因为王有元父母早已亡故，沈香洁父母身体也不方便出席，所以一切都简简单单，在两架钢琴共同演奏《欢乐颂》后，嘉宾都进入宴席。天津大哥举家参加，他不喝酒，可抽了不少喜烟。结婚的当晚，天空下了场暴雨。沈香洁也喜欢雨。雨后她拉着王有元，站在石榴树下，看着自己的花园，和花园外的一切，湿漉漉的，既有花朵的闪动，也有花草的芬芳。雨珠又不停从枝叶上落下，落在王有元的脸上和发梢。沈香洁不住亲吻那些映着灯光的晶莹水珠。回到卧室，一切都更是完好美妙。沈香洁的美腿秀臂，尤其是粉白粉白的蝴蝶背，充满着青春的梦幻与魅力。而且王有元发现她身上竟没有痦子与疤痕。

婚后的生活和谐舒适，王有元找到了家庭的感觉，而且他常常盯着沈香洁那婴儿般纯净的大眼睛，感受那种春深似海的梦幻境界，他知道沈香洁的真心真爱，他发誓从此只爱沈香洁一个人，绝不会再爱任何新的女人。这点沈香洁还真有些不相信，但她知道如果他还另有所爱，那肯定是自己做的不好。可他后来的确做到了只爱她一个人。因为是在行长助理的位置上娶的沈香洁，而他真的觉得沈香洁处处也是他的助理，所以无论去哪儿，见到需要介绍的人，他总是先告诉人家，这是我的夫人，也是我的助理。

结婚之后，沈香洁也从黄花大闺女一下子变成持家有道的少妇。她负责王有元的一切，家里家外，只要她能想到的，他的穿戴，也永远如新的一般。上下两套房子，收拾得井然有序，干干净净。她找保姆，一定找以前一直就伺候老人的，特别是做过护工的，这样能更加专业一些，因此二老很是舒服满意，状态也越来越好。

突然有一天，市检察院来了几个人，要带王有元走，了解一些情况。关行长上下忙乎半天，总算同意让在行里问。事情都是那两套房子引起的，在那个小区，检察机关已经抓了几个支行行长之类的人物，他们有的买房不交钱，有的装修不付款，现在有人举报，包括他和李龙地。

李龙地的哥哥开发这个项目，位置和品质都还不错，就是卖得一直不好，那时股市特别好，大家都觉得股票能赚大钱。而建房用的贷款纷纷到期，最后无奈，只得把项目转让，当然新的苦主也是合作多年的兄弟。但一转让，很多问题来了，有的房子赠送后，一直没人来办手续，特别是一些房子卖了，但也没有收到钱，有些则属于内部销售，价格都不够成本。针对这些问题，新的甲方开始借助法律的手段进行清理，很多人一乍呼，房子就退了。这里面，银行的，政府部门的人都有。李龙地事后说他早就担心以后说不清楚，所以他的手续发票都全。王有元也都有，但他忽略了房屋装修和加固的相关费用没有发票，因为他预留了5%的尾款未付，准备以后没有问题付清尾款后再开发票。但现在账上没有这笔钱，七十多万元，在当时不是小数目。找到李龙地的哥哥，他说记不清了。王有元找出转账凭证，但他依旧说记不清，而且那时的会计和出纳早已逃之夭夭了。

赵九和找到李龙地，要他约他哥哥把话说清楚，你们到底想怎么样？李龙地不管。赵九和揪着他不放。李龙地拿大哥大给几个哥们儿打电话。那些人开着两辆车很快到了，七八个愣小子，但一照面，好几个都是赵九和的兄弟。平时，李龙地喝多酒，或谁要是招惹到他，他总是气壮山河般地吼道，你们这群孙子，也不好好打听打听，谁才是这地界儿真正的流氓？现在赵九和拍着李龙地的脸，警告他别耍流氓，见好就收，不然老子还就要用流氓的法儿跟你玩，要是你和你哥一起耍流氓，我也非弄死那丫挺的，谁招我哥们儿都不行。

那晚，李龙地又独自潜入他熟悉的歌厅，抱着两个花枝招展的小姐，狂喝烂唱。突然，赵九和来了，身后一人举着微型摄像机，还带来几个小姐，而且几位小姐不由分说，冲过去对着李龙地是又抓又打又抱。微型摄像机也一直跟拍。赵九和看了回放，指着李龙地，你不就是想玩流氓吗？今儿就跟你玩点流氓的！王有元看不清你们的把戏，但我看你们就像看我自己，别假装转让乍呼人，还他妈的玩弄哥们儿，不赶紧实话实说，这带子我就给程行长送去。

这下，账目全清楚了，王有元按合同规定，将延期支付的余款提前交了，开出发票。事情到此虽然全部澄清，但还是给他个人和家人朋友带来不少麻烦，首先是他从此对这套改装的复式，从起初特别欣赏，到现在感觉有点别扭，完全清清楚楚的一件事，非弄成这样，好端端地玩了自己一把。他记起大哥一直说有为的种种害处，特别是故意的作为，明明是两套房子，自己非要把它们整成一套，这简直就是伤天害理，而且令他最为担扰的是他和沈香洁的关系，是否会因这房子缘故而影响他们的百年好合。沈香洁也被吓坏了，她没想到买房子买出这么多麻烦，而她当时最为担心的是王有元真的没付那么多钱。其次是关行长，对他的信任是大打折扣，倒不是不相信他，而是觉得他的城府实在太浅。关行长还特别提醒程行长，一定要提防李龙地这个人。赵九和跟李龙地其实一直暗斗不已，从此开始改为明火执仗。

王有元偷偷去了天津，他想问问房子的这种改造对他们的未来会不会有什么影响。大哥依旧手不离烟，他要王有元不要疑神疑鬼，要慈悲为怀，心存善念。慈悲就没有敌人，善念就可以战胜一切。

李龙地确实不是坏人。但他能够不分好坏，只要利于自己，什么都不是问题，好坏都行。所以这就是根本问题。特别是他已看出王有元未来升势大增，那绝不行，他必须要玩点邪乎的，不能叫他跑得比自己快。他清楚自己努力做一件事，最后未必能成什么，但要坏一件事，只要是那意思，保准绰绰有余。

的确，那时的王有元就是要平步青云，什么都拦不住。因为金融街上市前后，资金非常紧张，需要一二十亿贷款，分行一直积极推动。王有元按关行长指示，多次去金融街沟通调研，他撰写的报告，简直就像一本书，把金融街从开始建设到逐渐扩张，以及未来的市场定位和国际化的必然趋势，都写得清清楚楚，特别是最后还附了各个金融机构已经入驻和将要入驻的清单。

这个报告在总行引发了热烈讨论，同时总行领导对他这个人也产生了极大兴趣，为此，总行领导决定北上金融街。领导们在金融街转了半天，在听完金融街负责营销的领导的情况汇报后，总行行长表示，同意分行给予金融街贷款的计划，最后还提出，要在金融街建造分行的大楼，树立全新的形象，擦亮我们的品牌。

那年银行业协会举办了一次大型的国际化创新管理与服务培训，都是培训未来银行界的精英和骨干，在美国加州大学伯克利分院。总行直接安排王有元参加。当时正赶上汶川地震，开课前都要为死难者默哀，而且国难当头，要求大家不许外出游玩喝酒，晚饭及周末饭食，都由学员自己在公寓做。大家也都接受，而且每个人都说自己厨艺不错，但互相品尝完各自做的第一顿饭后，很多人就把自己买的食物，放到了王有元的灶台上，要求入伙。最后有十几个人每天课后，齐聚到他的房间，等待欣赏品尝他的烹饪手艺。他做得又快又好，大伙最喜欢他做的各种面条。

创新课十分精彩，参观的客户也都是硅谷最顶尖的企业。二十多天的学习访问，充实了学员们的知识和文化，学员们之间也做了充分的沟通和分享。王有元在分享时谈了做饭的要诀，特别强调创新和产品的维护与管理的关键：就像做饭一样，要用爱为前导，用爱心去做，用爱心去设想，找到如何让大家喜欢的那个点，这样客户才会喜爱你的产品。

回国时，他在机场的几个品牌店，转来转去，他想给沈香洁再买些礼物，最后他从橱窗展示的商品里，选了一款红色的高档羊绒披巾。他觉得既时尚色泽又好看，肯定适合沈香洁的肤色和身材。包装完毕要走时，不想迎面碰上了陈映霞。

她当时正推着行李准备去喝咖啡，一眼看见了他。见他全部注意力都倾注在那条红色的披巾上，就在一边静静地等候。她刚刚来美国给老公办理完后事，老公是位中医博士，辞职后一直四处奔波，教人养生及辟谷，前几天讲完课，刚要走，突然栽倒，瞬间离世而去。

他们一起要了咖啡，一切都万分感慨。王有元对她爱人的突然离去表示深深遗憾。陈映霞一身黑装，看上去有些疲惫，但仍不失她本身的风韵和妩媚。聊到他的情况，陈映霞非常关注沈香洁的一切。王有元给她看了手机里存的沈香洁的照片。陈映霞感觉那条红色的披巾和她真很般配。

和陈映霞告别后，王有元反复问自己，如

果当初自己真的娶了陈映霞，那今天自己还能活着吗？如果是自己死了，那自己现在会在哪儿呢？而且自己现在推着推车，走在这宽敞的候机大厅，就算还活着吗？他脑子一遍一遍闪现着这些问题。

回到家，王有元把那红色的披巾，按模特系的方式，披到沈香洁的身上，她显得更加漂亮了。

十二

沈香洁也知道王有元和陈映霞那种说不太清楚的关系，既没有真的情深意投，还那么一直藕断丝连。她曾经要王有元从毕业照合影上指认陈映霞。那是在天安门广场前的合影，人数众多，陈映霞个高，亭亭玉立，王有元站在后排又黑又瘦。沈香洁看陈映霞，觉得她很冷也很高贵。这样很好，否则还不知道你要天天怎么侍候她呢。不过，对他们能够曾作为同学少年，一起读书，很是羡慕。

后来她的一位在北大读博士的同学，请她去国学大师季老先生创建的海慧山书院听国学课，觉得不错，她要王有元也去听，后来他们先后报名参加了国学班、历史班和哲学班的课程。

书院秉承唐宋之风，以书院的形式，致力于传统文化的弘扬和传播，清新雅致，漫含书香，贤师云集。学员们来自四面八方，他们在这里读书求识，闻思成智，可以说是一朝掬饮，终身受用。

在书院，每次上课都要全体起立，先合唱班歌《四季歌》，合念班训：知古鉴今，继往开来。然后给授课老师上茶。他们彼此之间不叫同学，都称师兄，这比同学似乎更深一层，相当于同门兄弟，金刚兄弟。沈香洁高兴极了，自己不仅变成了王有元的同桌的你，还成为了金刚兄弟。

书院还有个“一二三四”：一个目标：知古鉴今，继往开来；两个放下：放下手机，放下自我；三个愿望：拜良师，交益友，求真知；四个互相：互相尊重，互相信任，互相欣赏，互相给予。

书院的教学授课形式是开放的，并以清明开阔的国际视野，把中国传统文化置身于当今世界多元多样的大环境中，既秉承传统，又契合当代。每年都组织学员到国内的文化圣地，以及境外的文明起源地和文化机构问道访学。

他们一起去过两岸一家的台湾，参观大学，印象特别深的是参观博物馆修补字画的绝技，在台湾，他们还结识了一位胡叠老师，他是专注中华民族文化传承和禅宗修行的大师，那时他著有《蝴蝶从梦中醒来》等系列著作。他们还问学敦煌莫高窟，才知道敦煌的文化及研究早已是世界性的课题。他们也去了印度，欣赏犍陀罗造像艺术，并沿着玄奘西游的路线，寻贤访圣。他们参观过那烂陀大学，玄奘纪念馆，拜访了释迦牟尼佛觉悟地——菩提迦叶，也拜访了佛祖的寂灭地——双树林。

他们游学英伦三岛，在剑桥大学和牛津大学，听那里的汉学教授们谈对中国文化的思考和研究，耳目一新。他俩还手拉手走在驰名中国的康河边，一边背诵徐志摩《再别康桥》里的诗句，一边欣赏两岸的绮丽风光。河畔的金柳，波光里的艳影，来来往往的赛舟，以及远处荡漾的歌声。晚上他们还去了牛顿的小楼，远远遥望依旧灿烂，但实际上是十分昏暗的室内灯光。

但这次英伦之旅没有完成，王有元就被分

行招了回去。因为接任他的支行行长常戈，突然被人打死了。分行要他立即回来，配合公安机关尽快破案。

沈香洁痛哭不已，她跟常戈太熟悉了，她坚持和王有元一起回国。王有元相信自己知道凶手是谁。但当时只字未跟沈香洁讲，怕她担心。

对海慧山书院的学习，沈香洁是十分眷恋的，不仅领略到一流师者的为学风范，也强烈领略到为学求道的魅力芬芳。哲思的浓郁、史学的丰醇、诗书的沁心，她把这些都称为“海慧的书香”。王有元终日忙于工作，在书院听课，特别认真，这也是沈香洁非常满意的。而王有元自己也的确感到书院就像是充电器、加油站，自己在书院身心都轻松愉快，他写过

《五十颂》，但他进入书院以后，才知道了什么是天命，帮助别人，特别是能够帮助别人增长智慧，激发潜能和善念，就是智者的天命。当然能在整日忙碌的工作中，特别是在根本没有休息的状态里工作，偷闲参加书院的学习，既是一个可以暂时停止工作的理由，更是一个可以好好陪陪沈香洁的机会。所以他觉得在书院是充实的，但也有一种不空而空的妙意；书院也是空灵的，但有一种空而不空的氛围。在不空的世界，他的智力和能力都得到了提升，在空灵的感悟中，他的内心和灵魂都获得了充实。当然，他善长形而上的这种学习，但对于空性的和抽象的东西，他几乎还不得而知。

回到北京，更具体地了解事情的前因后

果，王有元更确信知道凶手是谁。过去有家贸易公司，专门经销进口汽车，说是进口，其实都是走私货。后来又经营夜总会。支行曾放给他们公司五百万元的流贷，到期收回后，王有元觉得他们这些人背景和关系都太混乱，坚决不再续贷，当时公司的副总李文华就曾单独找到他，跟他谈了很长时间。李总爱打高尔夫，国内国外，总打比赛，脸上也带有一股能征善战的杀气，平时不常见。开始主要谈他近期高尔夫的战绩，又大谈他们与其他银行如何合作，也讲到有家银行的贷款，他们根本不还，后来直接变成不良核销，行长得到了两百万元。所以你们有什么可担扰的。

王有元跟常戈明确提出这户的贷款必须停

止，但他离开分行后，常戈的业务做不起来，没办法只能在这些老客户里挑三拣四，最后又贷给他们一千万元。王有元知道了，但为时已晚，他也不好多说什么。终于到期了，不仅不还本金，连利息也无钱支付，坚持让支行转贷。

常戈几乎每天都要去公司待上几个小时，但依旧无果。有天晚上回来，刚下车，锁车门的工夫，突然被人从背后用重器狠击了一下头部，顿时晕倒了。醒来后报警，又去医院检查。因为那时社区周围还没有监控器，又是砖草相间的地面，也没有人见证，一直无法破案。

后来因为怕形成不良，常戈妥协了，答应放两笔车贷，收回利息，贷款续做。后来这笔贷款又到期了，车贷因为存在严重漏洞，分行已全部禁止。没办法，只能把公司列入黑名单，上法院提出诉讼保权，最后压了他们十几辆大奔。为了这十几辆大奔，李总也开始四处奔波，双方僵持不下。

这回又是同样的地方，同样的打法，但这次常戈一下毙命。王有元凭直觉，认为凶手可能是用高尔夫球杆打的。经法医鉴定，致命凶器的确像是 7 号铁之类的物件，而且力道过人。公安探警经过侦查发现，李文华奔驰车里的高尔夫球包里，果然没有了七号杆。作为重大嫌疑人，公安局发出了逮捕令。但他不在国内，公司说是在澳大利亚参加比赛。公安机关经过进一步分析，怀疑还有几起凶杀案，可能跟这个案子的嫌犯有关。

在告别仪式上，望着常戈那么年轻的遗体，王有元真想大声号叫。他现在知道了，有一种东西叫生命，它不在了，人的生活及一切就会停止，火化之后，一切就更是过眼云烟。生命是什么呢，看不见，摸不着，离开人的身体后又会去哪里呢？这里一切都结束后，是去什么地方重新开始，还是从此就消失了呢？他依旧说不清楚。

从伯克利培训回来后不久，总行批准了王有元担任分行副行长。当上副行长之后，很多重要客户都抱怨王有元，从不组织大家外出搞联谊活动。后来商量来商量去，大家都要去滑雪。最后一组织，十几个人，而且全带家属，王有元请示关行长同意后，也带上沈香洁，当然她来往及相关费用都是自理，这样谁都不会说什么。

东北亚布力滑雪场，银装素裹，林海雪原的风光尤其浪漫壮观，积雪很厚，滑雪区域也十分宽阔。客户们全是大佬，来到雪场上，又全是大神滑雪秀。王有元和沈香洁虽然适应能力很强，而且王有元在北京香山最早的模拟滑雪场还练习过，但此刻根本无法同大家一起玩，他俩只能在初级区域练习，沈香洁学习得特别认真，所以比王有元滑得更加沉稳。

两天之后，王为元觉得自己练得可以了，决定与大家兵合一处，他带着沈香洁也坐揽车上去了，而且，拥着沈香洁站在上面，一揽众山小的感觉真好，感觉特别幸福。沈香洁坚持自己先试，而且稳稳当当地滑到了下面。王有元本做好充分准备，沈香洁的表现也增强了他的信心，但往下一滑就控制不住了，他左冲右撞，最后摔倒在滑道上，连滚带翻。当然，即便在那时，他的头脑仍十分清楚，甚至他能感受到时间不存在了，或者是静止了，耳畔风嗖嗖而过，但他心里很慢很缓，他脑子闪现着各种让自己停下来的办法，最后他放松四肢，让全身躺在雪道上，增加了摩擦。他下来后，场边的工作人员和一旁的教练都冲上来帮他，并都大声斥责他不应该这么冒险。他们要他去医院检查，但他站起来后，坚持自己没事。他从上面翻滚而下的瞬间，已把沈香洁吓得魂不附体。他坚持和大家一同吃晚饭，还喝了酒，最后大伙还是坚持把他送到医院，一查折了三根肋骨，脚部一处骨裂。这可是他第三次与死神擦肩而过。第一次是煤气中毒，若不是被二哥发现及时抱到室外，估计那时就已一命呜呼。第二次是他独自修理台灯，结果没有断电就去接电线，电流立即以看不见的力量，紧紧抓住他的手指手心手臂直至腋下，直到全院保险丝全都断了，他的手才被松开。他的电阻强，换个人估计早就挂了。

回北京医生给他开了假条，两个星期，但他顾不上休息，拄着拐继续工作。后来因为大飞机项目和直升机总部，都陆续到了天津，天津分行营销不动，他们几次打报告要求总行或北京分行给予支持，帮助联系航空总公司领导和财务部领导。过去王有元就一直负责联系航天航空等央企，领导和财务人员他都熟，总行协调来协调去，最后决定直接把王有元调了过去，直接担任党委书记和分行行长。他们终于在北京总部的领导见证下，与天津的项目团队都签定了合作协议和授信合同。王有元到了天津，北京的一些老客户也都跑来看他，那时高铁正在修建中，开车来回少说也要五六个小时，但大家依旧爱与他联系。

有位路桥公司的财务部老总就是天津人，他来得特别频繁，他们合作了不少项目，两年后，这人升任集团的总会，而且他们当时，刚刚开始打包“一带一路”倡议的一系列承包工程项目，希望他们参与支持。那时关行长已是总行副行长，对这些项目都非常看好。通过独自贷款和联合放贷，给予了一百多亿元的资金支持。那时候的他，可谓是立足天津，放眼全国，到处参加开工奠基和信审工作。因为有这些重点客户的基础和营销的经验，王有元在总行的影响力不断提升，天津分行的业绩更是红极一时。

十三

王有元知道是汪锦锦从上而坠的那天夜里，做了一个梦，他被一群人包围了。更准确地说，也不是被围了，而是朝哪个方向走，都会有黑脸方阵阻止他，而且还分为男方阵，女方阵，全是黑脸黑衣黑裤黑袖标，男方阵的首领是李龙地，女方阵的首领是汪锦锦，他们都持有刀枪。混乱中王有元夺过一把刀，汪锦锦再次阻拦他时，他飞身跳起，举刀直刺汪锦锦心口，她被一刀刺中了，但汪锦锦不见了，倒在血泊中的却是沈香洁。

王有元惊醒了，而且惊出一身冷汗，这还是沈香洁离世后，第一次这么清晰地梦见她。这个梦太清晰了，他感觉刚刚真的就是自己亲手杀了沈香洁，而且她没有惊恐，也没有怨恨，只是深深地望着他，然后倒地。

他几乎窒息了，脑子一片空白，接着又懊悔不已，痛心疾首。虽然沈香洁离世已有三年，但这个梦让他感觉自己罪恶深重，即便她是病死的，但若不是跟自己生活在一起，她可能就不会死。自己一定在很多地方和很多事情上伤害了她，她痛苦不堪。

又过了许久，他似乎才慢慢从梦中完全醒来，他知道自己没有杀过谁，刚才的一切都是梦。但起床后，甚至是整整一天，依旧推却不去杀人的真实感和罪恶感，而且依旧充满了痛苦和悔恨。进而他开始不断地联想找寻，自己到底在什么地方的过失，才使得她早早地离开了人间。

沈香洁婚后十几年与王有元感情深厚，恩爱如初，只是一直没有孩子，也不是没有，都是因为这样或是那样的原因，没能保住。虽然没有孩子，他们彼此感情依旧甚好，心有灵犀。但王有元五十五岁生日的时候，事情似乎突然发生了变化。

王有元五十五大寿，又是写赋又是写颂的，而且他相信香洁一定会如往年一样，给他一个惊喜的安排，但直到生日当天，也没有一点消息。

王有元再仔细一想，突然意识到，近来一段时间，她的确是有些一反常态，过去每天早起或睡觉前，她都是以亲爱的，我爱你开始和结束。近来，她似乎很少说这些了，反而变成由他每天主动表达。而且她似乎也比以前懒了，很多活儿不是忘了，就是忙不过来，而且还常常在镜子前犯愣发呆。

想到这些反常，王有元决定开诚布公地说说生日之事。沈香洁似乎知道，但又若有所思地说道，人家都说五十岁之后不过生日。

王有元没有吭声，他直接去卫生间。刷牙的时候，他发怒了，把牙刷摔到了洗手池。他突然意识到，她一定不爱自己了，因为现在的一切，都不是她过去表达的方式。他转身回到卧室，她依旧躺着。王有元强压着怒火，轻轻地问道："如果我感觉不错，你好像变了，你是不是另有所恋了？"

"应该是的，而且我现在越比较越觉得你这人特别自我，根本不知道尊重别人。而且，你的灵魂深处，爱的依旧是陈映霞。行了，你可以去找她了，她正好也一个人呢。我们离婚吧，这两天你安排一下，很简单，用不了你太多工夫。”沈香洁说完身子往里一侧，用丝被蒙上了头。

王有元怒火中烧，他恨不得一下子揪开丝被，但手伸出半截，他止住了。他知道自己此刻必须离开，否则，一时冲动，自己真的可能伤到她。

那天他叫赵九和去吃延吉冷面，俩人喝了一瓶红星二锅头。说起今早的事，依旧气不打一处来。而且他料定她外边一定是有人了。让他万万没有想到的，赵九和说那个人就是他。

王有元举手就给了赵九和一个嘴巴，另一只手抬到一半又止住了，因为他发现赵九和根本不躲。他举手打了自己一巴掌。因为他转念一想，这一切的安排，完全是自己成全的他们，但不管是谁，只要她爱他，他也真心真意地爱她。那一切自己也就都心甘情愿地接受。他起身要走，赵九和也起身跟着他，而且还说一切都不再瞒他。王有元不想听，尤其不想听最好的朋友，是怎么样给自己戴上绿帽子的。

当时正是烈日炎炎的仲夏。想到当年的赵九和，其实也是十分喜爱陈映霞的，但一旦清楚陈映霞喜欢的是自己，就立即退出了。所以立即意识到这就是轮回，这回将轮到自己上演英雄让美了。不过，他必须要当面去跟沈香洁核实这件事，只要她承认并确认也喜爱赵九和，那一切就悉由尊便，而且无论如何赵九和都比自己更像英雄和男子汉，她喜欢上他也纯属自然而然。当然，王有元也顿觉自己的这半生，过得怎么如此的凄惨悲哀，而下半生也不知会如何悲催孤独。他当即恨不得立即涅槃算了。

车停在荫凉地，王有元欲开门上车，赵九和按住车门。王有元刚要发火，赵九和突然抱着他号啕痛哭起来，王有元使劲想推开赵九和，他可不想听他说什么道歉之类的话。赵九和几乎是趴倒在车后备箱。司机出来，本想过去扶扶他，但被喝斥到一边。他边掏手机边说实在受不了，瞒你一会儿也没有意义。他翻出一页诊断证明，递给王有元。王有元接过一看，几乎瘫倒在地。证明上的姓名竟是沈香洁，病症一栏更是触目惊心，中央型原发肺腺癌。

王有元的母亲，当年得的就是中央型肺癌，所以对这种病他还有些概念，知道这病很难治，尤其是一旦骨转移，会极其痛苦。他又问了几个基本情况，赵九和又简单解释了一番，该找的医院和医生都找了，最后他告诉王有元，因为已是晚期，而且医生判断已经有骨转移的迹象，无法手术，所剩时间，估计不会太长。赵九和又把沈香洁的种种想法，包括要跟他离婚等，也一五一十地告诉了他。这其中最关健的有两点，第一是她一定要与王有元离婚，既不耽搁他未来也不耽搁他的事业；第二是什么都不能告诉父母，如果必须住院了，就跟他们说，她要出国学习几年。而且为了达到能够立即离婚的目标，她甚至提出让赵九和与她假装恋爱。

王有元一切都明白了，原来沈香洁之所以这样瞒着自己，是不想让他着急和痛苦，浪费他的时间。她自己忍受着所有的痛苦和无奈，只求让他自己解脱。他没有哭的概念，但眼泪一滴一滴地，悄然而落。这些年，他最欠缺的，其实就是一直没有时间好好陪着她，更没有为她做过任何她想做的事情。现在还想方设法不让自己知道真情，并要他立即离开自己的生活，这一切都是为了不给他增添任何负担和麻烦。王有元眼睛再次潮湿了，他泪眼模糊，但他知道自己没有哭，哭有什么用？他决定下午什么都不做了，他要回家，他要立即回到她的身边，陪伴着她，继续好好爱她，并照顾好她。

本来是说好什么都不告诉王有元，现在全

一五一十地说了，按说赵九和应该立即给沈香洁打个电话，通报一下，但他没有给沈香洁打电话，他什么都不想说，他本来就不同意她的那些想法，但她那时固执至极，而且完全封闭自己，除他之外，其他亲戚朋友谁也不想见，一切都只跟他商量，他也没有办法。直到王有元约他吃饭，他才完全明白，不跟王有元实话实说，他今后一定不会饶过自己。他清楚现在必须让王有元亲自照顾她，否则一切都被耽误了，这样虽然痛苦，但没有遗憾，因为时间毕竟不多了。所以他决定以后尽可能地少跟她见面，少跟她说话。她有什么事什么话，都应该跟王有元说。

王有元没有坐车，而是步行回家，他需要独立思考，独立面对，这些从来没有想过的问题。也不是完全没有想过，只是过去想的，跟现实全不一样，因为自己年纪较大，自然想的一定是自己先走，她当时基本上也认同这点。但那时他反复强调的是，如果自己病倒了，甚至于是死到临头了，自己是不需要叫谁照顾的，他也不会叫她照顾，他要像父亲临死前那样，既不呻吟，也不叫苦。他记得自己甚至还跟沈香洁这样说过，就是如果自己一旦得了癌症，应该花多少钱，都捐了，不用治，他一定用自然疗法和心理战术与病魔周旋，她那时是用泛着蓝光的大眼睛凝视着他说："我一定陪着你，抱着你，吸走你全部的病和痛苦。"

应该说，那时无论换谁，只要熟悉他们，以沈香洁的满身朝气，谁都会肯定王有元一定走在沈香洁前面，但现在，王有元真是痛彻心扉，而且无可奈何至深至极。

沈香洁没有休息。她蒙头痛哭一顿后，还是忍不住要给王有元过五十五的生日，因为这极有可能就是自己为他过的最后一次生日。所以她决定要为他做一顿，他嘴上总爱念叨的姥姥的打卤面。她上网查了，老北京的做法。然后准备五花猪肉片，泡好松磨和黄花木耳，记住收芡后要撒上两个鸡蛋花，最后还要浇上热花椒油。而且她还要亲自擀面条，并捣了半碗蒜泥。

一切都是之前从未做过的，但她却做得似乎特别熟练，没有障碍，而且她的心情也特别好，一切仿佛都云消雾散一般，她觉得自己的身体也如过去一样，没有任何不适，也没有任何疼痛。刚刚做好，王有元就一身湿漉漉地回来了。

看到沈香法做的一切，王有元没有哭，也什么都没说，只是紧紧地把沈香洁抱在怀里，吻她的头，又吻她的脸。一切都如他们最热恋时那般。沈香洁本来对他这么早突然回家诧异不已，被他这么一抱，就什么都明白了。她知道一定是赵九和什么都告诉他了。

她突然仰头望着王有元，一字一顿地问：“你还能要我吗？我很快就什么都无法给你了，就是一个病躯，你还是走吧！”

王有元也深深地凝视着她的大眼睛。他发现她眼白里的蓝光已经不见了，但还是一字一顿地说道：“你要让我去哪儿，我哪儿也不去，这里就是我的家，我的一切，你过去是我的，现在是我的，将来也还是我的！连你的病也是我的，你病得再重，我也一样要你！而且我要抱着你，吸走你所有的病和痛苦。”沈香洁也紧紧地抱住他。

十四

因为到底需不需要放化疗，几位著名肿瘤医生都坚持必须做，而且要快，但结果如何，谁也不敢保证，要视具体情况。王有元有母亲治疗的痛苦经验，知道只要一放化疗，沈香洁的身体状况一下子就要跌至谷底，原气大伤，不仅以后的生活质量根本无法保证，而且很可能会更快地结束生命。因此，王有元坚持中医疗法，他知道不与肿瘤直接交锋，共生共存，可能是延缓生命的最好办法。那时，沈香洁已从恐惧绝望，开始进入顽强救赎的阶段，求生欲望极强，她希望自己有更长的时间和王有元在一起。她悄悄地质问王有元，你不让我化疗，是不是想害死我？这话吓了他一大跳。因为一生善良柔弱的母亲，在病中就为要不要长时间吸氧的问题，曾用这话质问过他，现在她又这么一说，王有元无法再坚持己见。

于是按照医生的安排，放化疗相继推进，很快就到达身体难以承受的程度，秀发掉光，骨瘦如柴，终日没有食欲。过去王有元总爱看沈香洁睡觉的样子，两眼轻闭，长长的睫毛，一脸安详舒适的样子，特别是无论怎么睡，也听不见一点呼吸声。现在头光光的，一脸消瘦疲惫，好在呼吸依旧静悄悄的，王有元知道一定要抓紧中医的介入和治疗。

沈香洁的父母多少也看出她的一些变化，但因为她戴着假发，又推说是重感冒要戴着口罩。她言谈话语不多，但努力如从前一般欢快，而且反复强调怕传染大家，所以要在楼上单吃。她的父母也就一切都信以为真。后来，她的哥哥姐姐商量，把父母接走了，沈香洁才不戴假发。王有元常常从前后左右观察，发现即使头型光光的，她也显得特别秀美。但沈香洁还是对自己的光头感觉有些不适应。后来，王有元请了两周假，这几乎还是他第一次休年假。他一方面是想能好好陪陪她，另外一方面是他趁机剃光了自己的头。看到他光光的头，沈香洁哭了。他们相拥在一起，头蹭着头，脸贴着脸，在一起拥抱了很久很久。

西医大夫列了众多清单，特别强调这不能吃那不能吃。中医大夫宽松多了，特别是著名中医黄延坤院长，一再嘱咐想吃什么就吃什么，什么都可以吃，就是不能感冒，一感冒，你自己的修复系统就停止了，现在一切都靠你自身的修复功能。

因为什么都可以吃，沈香洁的身体状况有些好转，头顶也长出了一茬儿新发，如英俊男孩一般，她也可以四处走走，做做简单的运动，而且与人沟通的愿望也增强了，而且无论见谁，她都会显得非常兴奋，说什么都是积极向上的正能量。有天她说特别想见见天津的有道大哥。

因为天津大哥年岁大了，王有元一直没敢跟他说，现在一听说沈香洁病得厉害，不顾高龄，特意从天津赶来，他没有抽烟，只是反复强调，一定要让自己的心静下来，内心平静，就可以控制一切。心乱则百病生，心静则万病息，心静就可以驾驭命运。最后他又指挥把家里的环境，做了一些小小的改动。他特别嘱咐，阴阳八字不能随便告诉外人。他告诉王有元，她是被人施过法术了。他现在要把那法术的因果还给施法的人。

王有元后来回想到这里，才开始若有所悟，这一切真的都是因为自己的过失造成的。汪锦锦因为不能从事银行工作了，去了别的公司，但她坚持要嫁给李龙地。李龙地没辙，留在她手中的把柄太多，只得离婚并立即娶了她。他们偶尔回来，就住那复式。有回李龙地非要请他和沈香洁吃饭，他本不想去，因为双方的交情早已名存实亡，但最后还是架不住盛情去了。那天，汪锦锦特别热情，对沈香洁更是赞不绝口，吃饭中间，她说自己手机有个算命软件，只要输入生辰八字，顿出结果，准极了。她问王有元，王有元说不知道，因为家里孩子太多，没人记得什么时辰生的。一时现场显得十分尴尬，是沈香洁当时为缓解气氛，说了自己的出生日期和时辰。这主要是因为当时谁也不懂这中间的厉害，所以只当游戏玩玩而已。而且算命的结果里有一条，说她旺夫，沈香洁当时还特别高兴。回来路上，还为自己有旺夫相兴奋不已。

但是再细想，虽然大哥当时提到了这一点，但他说得也不是那么清楚，或者说是他当时也没有听得那么明白，所以他一直把这个细节忽略了，直到今天做了这个梦，再看这一切就全都清楚了，沈香洁肯定就是那时被他们设计了，而正是因为这点，就更可以充分肯定，自己就是彻头彻尾的罪魁祸首。而且后来一直自诩踏雪无痕的李龙地，两年前突然遭人举报被抓，以及后来汪锦锦的疯疯癫癫和这最后的咣当一跳，都是大哥还给他们的报应。芸芸众生啊，你们真是生也匆匆，去亦匆匆，但你们到底都是为何而来呢？来时糊里糊涂，然后斗来斗去，你争我夺，害人害己，即使得到了什么，但最终还是什么也得不到，最后又糊里糊涂，这么不明不白地走了，这一切都是为什么呀？

台湾的胡叠老师来北京参加一个健康项目启动仪式，王有元带着沈香洁去参加了欢迎晚宴。了解了沈香洁的病情，胡叠老师希望能去他的家园待上一段时间，做一些瑜伽冥想的课程修炼，这样会缓解她的病情和压力，很多老人和患者都在他那儿受益匪浅，更为重要的是赢得宝贵的时间，让自己的灵性得到解脱。王有元认为她的身体可能承受不了，但沈香洁认为自己有点瑜伽的基础，坚持要去，王有元只好决定先陪着她去，看看情况再说。

在台北附近的蝴蝶家园，是胡叠老师亲手设计和建设的世外桃源，那里湖水荡漾，草木旺盛，大小各异的乡间别墅错落有致地散布在树林和山峦之间，胡叠老师和家园的师兄们热情接待了他们。他们住的地方叫映山居，上课打坐都在一间独立宽大的禅房。家园到处都干干净净，屋里更是一尘不染。王有元注意到了，就是胡叠老师去厕所，也会用毛巾把洗手池或别的地方擦拭一番。沈香洁非常喜欢这里，也爱听胡叠老师讲课，包括以前的录音录像，而且每天能坚持打坐几个小时。按照课程安排，需要一个月时间，王有元事太多，一会儿一个电话，要不就是接连不断的微信，听也一点不专注，打坐更是摇来晃去，沈香洁知道他的心还全在工作上，她叫王有元先回去。王有元走后，她本以为多少会有些牵挂，但她忽然发现没有他的干扰，自己反而更加专注，更加精进，她索性关掉手机，常常能打坐到半夜三更。这样她自己独自住了一个多月，效果极好。

在台湾，几乎每天都要下雨。雨后的天空也总是有彩虹。有时甚至是在细雨纷飞的时刻，空中也会出现巨幅彩虹。沈香洁喜欢彩虹。她知道，每天的彩虹，都会告诉自己，此时又连通了什么。她甚至觉得胡叠老师就是彩虹，正连接着她和一个未来的世界。家园是非常美丽的，也特别安静。当然，在家园，一切也都充满了神秘与祥和。白天，走在两边开满姹紫嫣红鲜花的石径上，各种各样的鸟儿，或独自飞过，或三五成群在丛林中嬉闹，甚至在雨中它们也能够钻来蹿去的。这里的蝴蝶也多，而且漂亮鲜艳。沈香洁后来还发现，从禅堂里往外看，总会有大大小小的蝴蝶一动不动地贴挂在玻璃窗外。每只蝴蝶也仿佛发现了这里的秘密而尽情地窥探。当然，有时鸟儿们也是要来凑凑热闹。它们在玻璃窗上停不住，只能扇动着翅膀，用喙顶啄着玻璃窗，像是向窗内的世界致敬行礼。

她是因为病重，又面临着死亡，来到这里。胡叠老师的思想和他所说的一切，她都听进去了。胡老师的文学造诣极深，以及对中华民族的古老文化研究深度，使他的课程处处闪烁着生命的光辉，尤其是对中国禅法的继承和领悟，更显现出他独特的智慧。她觉得自己开始醒悟，她要认识真正的自己，而且她已不再惧怕病苦，不再畏惧死亡，她感受到生命永恒的力量，和一种喜悦安祥。她很少用电话，但有一天她告诉王有元，她做了一个梦，梦中光芒四射，没有人告诉她，但她自己知道已经到了一个没有生死的世界，而且充满了温柔的和慈爱的波光。当然，她还告诉他很多刚刚明白了的道理，比如生，比如死，以及人为何生，又为何死。但是，王有元那时的确最为关心的是她的病，其次满脑子里全是事业工作，以及自己的责任和使命，根本没有感受到她所说的那些信息和力量。是的，这么些年，为了事业，基本上什么都顾不上，他曾经渴望和陈映霞有个家，后来是和沈香洁，他们相亲相爱，更是需要有个家，但事实上是他有了家，却根本顾不了家，也顾不上多多陪她。甚至于沈香洁第一次怀孕，因为不知道，结果得了重感冒后，又是吃药又是打针，事后发现怀孕了，医生觉得必须打掉。本来说好他陪同去医院，但又因为有临时会议必须出差，最后只好叫赵九和陪着去。想起这事，他就万分歉疚。

当然，自从沈香洁得病以后，他才开始一门心思照顾她，而且也一直惦念如何给予她最妥善的护理和最好的治疗。应该说，只要是能想到能安排的，他都做到了，但没有想到她的精神或者她的灵性方面，也需求安排和眷顾，即使是沈香洁在台北家园的修炼，取得极大成功，但他根本看不到当中最本质的效果和秘密，而且他基本上已听不懂沈香洁的感悟和她领受到的那个世界。后来，王有元来家园接沈香洁，她真的不想走。走的那天，一切都安排好后，沈香洁骑上一位师兄的脚踏车，也就是我们的自行车，在家园的花园小道上，骑来骑去，花香满径，群鸟欢畅，天边有一道叠加的彩虹。等到上了飞机，她一句话不说，但她似乎在听，似乎在观，后来，她找出纸笔，写了两首诗。王有元记得从来没有见她写过诗，现在一写就是两首，真不明白她何以能够这么出手不凡。她写的第一首诗，名《问》：

生生死死，病病痛痛，何始何终？

上上下下，成成败败，谁主谁从？

一生一世，恍若日出日落。

寻寻觅觅，又无非有有无无。

昨日已去，今天尚在。

但如果一生就是一天，那明天又将会是何年何岁？

另一首是《致有元》：

如果，我走了，

请不要为我哭泣，

因为一切都已不是从前，

你不再是你，

我也不再是我！

而且那时那刻，我真的已不再是我，

家里家外，

我已不在了这里，也不在了那里。

那时那刻，我更无法说清自己，

一切都若存若亡，既没有沉浸的睡梦，也没有可以贮置的坟茔。

但我的生命就是沉香，燃而身灭，灭而化香，

香消如烟，香烬如云。

是的，我是生命的沉香，

我已缕缕融入清风，轻轻化入天境，

我像清风和白云，

飘浮于彩虹和无尽的虚空。

我走了，请不要悲伤，

沉香依旧在，她还会如从前一样，

燃烧着自己，

化作缕缕清风。

应该说，在家园，沈香洁因为死字当头，她知道了死与生的主题，而且明白了如何解脱对死亡的恐惧和病痛的烦恼，而且她一切放下了，甚至于连她一直恋恋不舍的王有元也都放下了，她充满了对生命永恒的真切喜悦与挚信。而王有元因为充满了杂念及纷纷落落的心事，根本听不懂胡叠老师所说的任何话题，甚至也根本听不懂沈香洁的所有提示。而且他一直觉得沈香洁就是自己的助理，她的一切都还是要听他的。

回北京以后，沈香洁特别爱参加各种活动，而且她总是祝福所有人，言谈也总是愉悦人心。而且她一天到晚，或者从始至终，总是笑脸相迎。大家都佩服她的心态和意志，也都觉得她真的一天比一天好。王有元也坚信，在自己精心安排下，以及她自己的顽强和努力下，一切都能慢慢好起来，而且从医生预言不会超过一年，而她如今已活过了三年，特别是没有大面积的转移，胸腔腹部也没出现什么积水，这些就已经创造了奇迹。当然沈香洁其实已经不再这样想，战胜病魔已不是她的目标，她要体验的是人在最为困苦的状态下，如何驾驭好自己的心智，找到生命的智慧。她不是不想死了，而是要死得其所，死得其时，死得其果。

自然最终她还是感冒了，而且这一感冒可不得了，立即高烧不退，呼吸困难，口干舌燥，经常咳喘的筋疲力尽。医生要求必须住院。因为肺部的感染，已经影响到了心脏，她终于开始了生命最后的倒计时。

可能是由于经历了太多的痛苦和艰难，特别是经受了对痛苦和死亡的修炼，这时候的沈香洁无论怎样难受和困难，都始终如一，依旧保持着快乐喜悦的状态，而且脑子意识也一直处于理性且十分清醒的状态。白天有护工和家人陪伴，王有元偶尔也会从单位或会场跑回来看看，但每天晚上，他坚持自己要在医院陪着她。沈香洁什么也吃不下，只能喝一点热的冷面汤。这给王有元极大安慰。最后一天夜里，沈香洁握着王有元的手并告诉他："不用再为我做什么，我的时间就要到了。今生能与你相逢，最后又有你陪伴，我就知足了。我没有什么遗憾，唯一的就是不能为我的爸爸妈妈，养老送终。但是有元，有一点我想告诉你，但可能说不太明白，就是死、轮回。生命都不是我们所知道的那样，将来不忙了，一定去找胡叠老师，他一定能给你说明白，这点你一定相信。生死轮回的真相，就是真的要认识自己！”

沈香洁前面的话王有元是听懂了，所以只想哭，但他不敢哭，可泪水还是止不住地往下滴。第二天，王有元守在医院。下午沈香洁和胡叠老师通完电话后，就不再有任何话语，直至她终于呼出最后的一口气，医生记录了死亡的时间。她十分安祥，像往日睡着一般。王有元没有哭，只是静静地凝视着她，全身忽然空了一般。后来，他向她鞠了三个躬，他知道她终于解脱了，再也不必为爱欢喜和烦恼，也不必再渴望什么荣誉，更不会为什么颜面奔波，而且，再也不会对什么充满恐惧。然后他自己一切都变得麻麻木木的，所有事情都听赵九和安排。

回到家，他不要人陪。他独自一人坐在沈香洁的遗像前，洁白的百合和玫瑰围绕着遗像。他满脑子都是逝去的亲人，他们的音容笑貌都不断闪现着，他没有想，一切都像是放电影一样的去来，他那时所能明白的，就是所谓生死就在这一呼一吸的中间。一个个都是活生生的，香洁啊，姥姥啊，还有父母亲，以及一切的逝者，也都是这一口气吸不上来，一瞬间便撒手人寰。无论你如何爱他们，依赖他们，或者是他们如何爱我们，如何依恋这个世界，谁也阻止不了他们的离去。从此，他们的音容笑貌，也只能在虚空和随着回忆显现了。

十五

王有元终于退休了，行里准备为他开个简单的欢送会，他拒绝了。他开始为自己做一日三餐，有人惦记着为他介绍老伴儿，有人为他安排保姆，他也都一概拒绝。他也拒绝了叶童不断地回首和种种好意。他在餐桌上安排了一张沈香洁坐在这餐桌后的照片，吃饭时也在照片前安排好碗筷，然后放上一遍《再别康桥》的乐曲，他喝酒时也会在照片前放上一样的酒杯，倒上酒，尽管沈香洁从不喝酒。最后他也一样把杯里的酒一饮而尽。

这天夜里，王有元又一次梦见了沈香洁。他先梦见自己到了一个戏院，戏还没有开始。舞台帷幕严严实实。戏园子里面人头攒动，都是过去的同事，他直奔中间最大的一桌，但左看右看，没有自己的桌牌，再看旁边的桌，也都没有。他不知所措，直到他终于明白自己已经退休了，才不再找寻自己的位置，但他也不知该去哪儿。正在这时，沈香洁过来了。她穿着红色的旗袍，大眼睛泛着神秘而迷人的蓝光，她拉住王有元的手，用青衣般的声音问他："你怎么又把自己给弄丢了，还不跟我快快去找。"

他似乎醒了，但依旧一动不动躺在床上，脑子一片空白。他似乎已不知道自己是谁，他尤其不能肯定自己是不是还在梦里，而且若是就在梦中，自己又是如何转换的角色，自己又是如何丢了自己，而且那梦到的自己，和这躺着的自己，哪个才是真的，丢的又是哪个家伙？突然，他似乎又明白了一点，凡有开始就一定会有结束，而梦中的戏台压根儿就没有开始，那一切也就都没有结束，但自己的职业生涯的的确确是真的结束了。沈香洁穿旗袍很漂亮很性感，但她不爱穿旗袍，只是在婚礼上穿过一次，跟梦中的一模一样，那梦中的她和旗袍就都是真的吗？凡有出生就一样会有死亡，那死亡是否就意味着新的出生？姥姥会在哪儿？父母亲们在哪儿？香洁啊，你又在哪儿？凡有爱恋就一定会有别离，别离了就是恋爱的终结吗？如果别离又是恋爱的开始，那香洁啊，你会藏在哪里？好像是我才真的把你给弄丢了，但我把你丢在哪儿了呢？凡有真实也一定会有梦幻，真实就是真的吗？梦幻又是什么，梦幻是假的，但真的就不是梦幻吗？摒除了梦幻，那真实的东西又在何处呢？

闹钟响过之后，一切又都复归寂静。昨夜又是一场大雨，但现在显然停了。雨后的声音传得远、传得真。即使没有开窗，也能听到喜鹊的喳喳声，只是很远很轻。那熟悉的小号，也是隐隐悠悠，但嘀嘀嘟嘟的，显得十分圆润。闹钟再次响起，王有元才慢慢起身。他先去卫生间，然后打开卧室窗帘和窗户。窗外一切都是湿漉漉的，但阳光明媚。碧蓝得天空中飘浮着细碎的云朵。它们白白粉粉红红，极像漫天飘浮的蝴蝶，显现出特别的意境。喜鹊叽叽喳喳，空气清爽，一直隐藏窗外的嘈杂噪音也立即充闻满耳。对面公园的树林里的那支小号，依旧那么出来进去的，肆无忌惮。青衣也开始了她咿咿呀呀、没完没了、反反复复的那个腔调，但依旧无法分辨出是从树林里飘过来的，还是从这座楼里什么地方溜儿出来的。他忽然想起了沈香洁写的诗。“你不再是你，我也不再是我。”是的，他忽然想说，沈香洁啊，你今生根本不该是我的助理，而我应该是你的助理。因为他现在明白了她的诗，以及她后来的忠告，都是特别重要的信息，而且他尤其觉得必须听她最后说的那句话，他必须联系胡叠老师，他也必须了解清楚，到底什么是蝴蝶从梦中醒来。但是，我也不是我，那我是谁？

因为王有元终日在这复式厅房里无所意趣，王有元遂把这大房子命名为痴园，还以大草书写了《痴园铭》在一层客厅墙上，其上曰：痴园之主，非同一般。此人一生贪嗔不倦，绝不痴。虽贪，然从不贪财好色及贪恋权贵，而是贪面子、贪口碑、贪名气、贪名声。从来不乱发脾气，也绝不争强好胜，但本性脾气，天生难改，性格刚烈，易火易怒，怒则嗔恨起而心愈狂暴。虽言不痴，然绝非不做痴事，皆因过贪过嗔，而于痴尚无暇闲顾。细究其因，盖是太痴过痴之故。

2021 年 8 月于北京